S Y O N I N Y O K K Y U

新装版

承認欲求女子図鑑

ト] お久しぶり OHISASHIBURI

J Y O S H I Z U K A N

ミオブックス

CONTENTS

はじめに

本書は新装版であり、元バージョンは既に4年前。取材としては5年前の内容となっている。しかし、改めて読み返してみても内容に対してまったく古びた印象を受けなかった。本書で取り扱った女子たちによる苦悩、ときおり楽観はＳＮＳが滅びぬかぎり不変のモノだったのです。それが幸か不幸かはわかりませんが。

が、彼女たちの状況は変わらずとも、世間の目はここ5年でひどく冷たくなった。リストカットやオーバードーズに対し、極めて攻撃的となった。トー横キッズの暮らしがネットニュースとして浸透したのです。それには確実な功罪がある。本書時点では、その文化はまだはっきりと形成されていなかった。

当然リスカにしろオーバードーズにしろ、パパ活だって世間的に歓迎される行為ではない。それには僕だって同意です。倫理的に見て「悪」と認定されても仕方がない。けれども「悪いことをするな」と言われて、「はい、わかりました」と納得できるものでしょうか。家庭や学校の箱庭から逃げ出し、ようやくトー横で心からの仲間に出会えた若者たちに、「あんな場所に行くな」とだけ命令してなんの意味があるのか。

話を聞く必要がある。

みんな、自分の話を聞いてほしいのです。それこそ、家族や同級生には相談できない事情ならなおさら。

だから、僕は話を聞いた。本書で取材させていただいた彼女たちには、求められていないかぎりアドバイスも説教もしていない。肯定も否定も。嬉しいことに、内容通り誰もがたくさんのことを語ってくれました。それこそ、僕が聞きに徹することで救われるものがあると信じた姿勢を汲み取ってくれたかもしれません。ただただ会話が好きなだけかもしれません。どちらにせよ、こうして一冊の形になった。

本書には、「なぜ社会に馴染めなかったのか」というエピソードが多数収録されています。「悪いことはやめろ」「危ないところへ行くのはバカだ」「自分で自分を傷つけてなんになるんだ」。そう言いたくなる気持ちはわかる。けれども、まずは「なぜそんなことをしてしまうのか」を黙って聞くことが理解の第一歩だ。

頭ごなしに否定しては互いがまた傷つくのみ。それに、共感によって救われる感情もある。読者の中には彼女たちの気持ちが「わかる」方も少なくないはずだ。

誰だって闇と悩みが奥底に潜んでいる。決して届きはしなくとも、世界のどこかで似た境遇の者同士がわかりあった。罪も反社会性も関係がない。「話が通じ合った」喜びこそが真に人間を救う。

だから、みなさんも助けたい誰かが居たなら、理解しがたい悪者へ説教したいのなら、まずはただ、ただ黙って話を聞いてあげてから。それから少しずつ進んであげてください。

にゃるら

旧版はじめに

スマートフォンの普及とともに、ここ数年のインターネットやSNSには若者たちがものすごい勢いで増加していきました。

もちろん、それに伴い様々な問題も生じ、ネットストーカー、パパ活、裏垢など、SNS上では若者たちが日夜多くのトラブルやビジネスに立ち向かっております。


そんな波乱の時代の中で、スマホ一台での配信や自撮り、さらには二次元のガワを被ってキャラクター化することも容易な時代となり、時代に沿った方法で承認欲求を満たしていく文化がぐんぐん成長。もはや誰もがインターネット上で新たなペルソナを生きる世界に突入。

そうして、男性たちは自慢の低いボイスで女性を魅了させ、女性たちは自らの望んだアバターで男性たちを熱狂させていく。自らの承認欲求を満たしながら、同性・異性・ファン・アンチの欲望も満たしていくため……。

この「承認欲求女子図鑑～SNSで出会ったヤバい女子たち～」では、特にそんなSNS全盛期をたくましく生きる女性たちの生き様について、ひたすらインタビューしていく一冊です。

Twitterでエロ写真を売ったり、裏垢でフォロワーを誘っていたり、リスカを繰り返したり、声優や同人作家、バーチャルYoutuberとして裏で病みながらも活躍したり、時には恋人やクスリに頼ったり……。帯の推薦文で阿散井恋次さんも語っている通り、歪んだ現代社会でボロボロでありながらも必死に生きようという強い意志を感じさせます。

本書の中で、Web掲載時に特に話題になった「やよいちゃん」インタビューを皮切りに、三才ブックスさんと協力しあい、自分がインターネットで繋がっている強い女性たちに、どうやって激動の時代をサバイブし、一歩間違えば堕ちるだけ堕ちてしまうSNSと承認欲求の闇を使いこなしてきたのか。

紹介される15人の女性たちを通して読者の方々にもその生き様や強さが伝わり、ソーシャルネットワークを生きていく勇気と知恵を得る手助けになれたなら、なによりの幸いです。

にゃるら

chapter

1

メンヘル女子

menhelu joshi

人間の精神というのはとても繊細かつ難解で、どんなに順調に生きていても、ある日急に壊れてしまうこともあります。

自分も、環境に馴染めず適応障害や鬱病を発症したことがあり、突然今までできていたことが何も行えず、ただ薬を飲んで眠り込む日々が続いた時は、とてつもない恐怖でした。大好きなアニメや漫画ですら頭に入ってこないのです。ただただ時を重ねていき、段々と緩和されたところでようやく友人と遊べるようになり、それから少しづつ回復していきましたが、何をしても世界から自分が否定されているような絶望感を覚えることには驚きました。

それ以降は、定期的に精神科に通い、お薬をもらうようになりました。それ以前から個人輸入でODなどでヤンチャしていた時期もあったりします。


OD（オーバードーズ）……必要以上に処方薬などを摂取すること。


ですので、この章で登場するメンヘラな女性たちには、自分なりに共感できる部分もありました。

彼女たちは、この厳しい現代社会を相手にヘラりながらも、できる範囲で立ち上がり、今も強く生きています。

「メンヘラ女子大生」では、自殺未遂や精神病棟を経験し、リスカにODなどの激しい自傷行為に走った彼女の心の闇を覗くようなインタビューとなりました。一見、どこにでもいるような平凡な女性が抱える重みを感じていきましょう。

「おクスリ系地下アイドル」では、精神薬を常飲する女性の生活っぷりや、ODでの破滅経験など、健常な生活からは想像できない非日常が垣間見れるインタビューです。彼女とは何度かイベントなどで交流があるのですが、向精神薬の効果なのか常にふわふわして優しい印象を受けます。その独特のテンポを読み取ってもらえると嬉しいです。

「SNS自撮りJK」では、若くして承認欲求の光と影を体験した彼女の、病みながらも力強い生き様に迫ることができました。透明感のある、とても綺麗な女性でした。本文中に何度か「白」の話をしていますが、本当に透き通るように白い方です。

この本を通じて、彼女たちの悩みに共感し、学び、読者の孤独や苦悩が少しでも薄まったならば、こちらも書いた甲斐があるというものでしょう。

メンヘラの孤独と承認欲求はときに結びつき、インターネットを通して自身の自傷行為を晒したり、構って行為で暴れてしまうことも散見されます。

今回紹介した彼女たちは、その承認欲求を自撮りや文章に昇華することで、多くの人間たちの救いになっています。

いつか、アナタの病みも承認欲求も誰かを楽しませたり、救いになったりするかも知れません。

さて、自分は主にインターネットで活動しているからか、他人より男女問わずメンヘラな人間と交流する機会が多い暮らしをしています。その中で、よく相談されるのが「メンヘラな人間を助けてあげたいがどうすればいいか」です。

シェアハウス時代は、同居人の男性がハイプロンという睡眠薬を、200錠近く飲んで暴れたり、自分自身も向精神薬で暴れてやらかした経験は何度もありました。LINEやDMで他人に怪文書を送りつけたり、突然深夜にポエミーなツイートをしたり、廊下で飛び回ったり……。

シェアハウスだったので、周りに介抱や止めてくれる人間が傍に居たのは、精神的にとても助けになりました。

ただ隣りにいてくれる。それだけでも十分力になります。本を読んで鬱について学び、正しい知識で厄介にならない範囲で介抱してあげるのも良いかもしれません。孤独は悲しみや破滅を加速させます。

朝に起きて日光を浴び、三食健康な食事と適度な運動、夜には深夜になる前に眠り、予定していた精神科の日程に通えるようサポートしてあげられたら上出来です。規則正しさというのは、やはり正義です。特に食事に気を使うのは大切だなと、自分自身が壊れたときに学びました。一人では中々難しいですけどね。

みんなで頑張って強く生きようね。

case.01

メンヘラ女子大生・もへ子さん

人間の悩みを十把一絡げにまとめるのは乱暴すぎる。

一口にメンヘラといっても多種多様のパターンがあり、一概に**こういう人物がメンヘラですと定義するのは難しい**でしょう。

Wikipediaによると「精神障害（狭義には境界性パーソナリティ障害）を患っている、あるいは精神的に不安定な状態にある人に対する俗称（ネットスラング）」とあります。現代では後者の方が一般的でしょうか。この本で取材した女性のほとんどが当てはまるのではありますが。

今回、自分がインタビューしたメンヘラの女性は、**取材の直前まで精神病棟に入院していた女子大生**。一見すると、どこにでもいるような女の子である彼女の心の内に秘められた闇に迫ります。

「本日はよろしくお願いします……」

喫茶店へとやってきた女性の印象は、平凡な女子大生だった。

「こちらこそ、よろしくお願いします。どうお呼びすればいいでしょう？」

「えと、本名が嫌いなのでハンドルネームでいいですか？　もへ子でお願いします」

ふわっとした茶髪にアマベル系のワンピース。「姫」っぽい雰囲気だが、長そでをまくると自傷跡が並ぶ。現在はある程度落ち着き「週2～3回しかしていない」とのことだが……。

もへ子と名乗った彼女は、ふわっとしたカールが特徴の茶髪をたなびかせ、レモンティーを注文した。改めて見ても、容姿からメンヘラ感は感じられない。服装は少し姫っぽい、アマベルあたりのワンピース。**もちろん長袖だ。**

「早速ですが、もへ子さんの年齢をお聞きしてもよろしいですか？」

「はい。わたしは現在、大学を長期休学中の21歳です。本来なら4年生ですね。地元の小学校に通っていたのですが、高学年になってからいわゆる不良の生徒と絡むことが増えて、それを危惧した両親によって中学受験をさせられました。中高は女性校で、そのまま推薦をいただいて都内の大学へ進学の流れになります」

とても丁寧で堂々としている。学歴もしっかりしているし、まだ彼女の闇の部分は見えない。僕はもう少し踏み込んでいくことにした。

「どのタイミングで精神を病んでしまわれたのですか？」

「そうですね……。わたしには姉妹がいるのですが、**両親からの姉に対する家庭内暴力**を幼少期から見続けてきたので、幻視や幻聴が小学校中学年より出始めました」

「なるほど。そのせいで、親への反発もあって不良と絡むように？」

「だいたいそのような流れです。その後は真面目な学校に通わせられたのでグレることもできず……。不安解消のために中学3年生の頃、ついに**リストカットや自分で首を絞める癖が**」

そういうと彼女は袖をめくり、二の腕まで傷だらけになった左腕を差し出した。

「さわってみます？」

彼女の左腕を縦になぞる。指を通じて伝わる**デコボコの感触が、彼女の精神状態に直接触れているような錯覚を覚えさせる**。

「自傷癖は今でも止められません。大学生になってから、幻視や幻聴が実生活に支障をきたすようになって、お医者さんから解離性障害と診断されました」

解離性障害……自分が自分でないような感覚や、自分を外から眺めている奇妙な離脱感に陥る症状だ。

「**リスカしている時は、夢を見ているような気持ちなんです**。現実じゃないような感覚で。気づいたらやっちゃってますね。主に手首と太ももを切っています。気絶するまで首を絞めたり、ODしてイっちゃったときは、壁や机が血塗れになるまで頭をぶつけたりも」

穏やかそうな彼女の**外見からは想像もできないバイオレンスさ**だった。前髪で隠れた額には、壁にぶつけた際の傷が残っているかも知れない。

「なぜ両親は、もへ子さんのお姉さんに暴力を?」

「両親は絵に描いたような学歴至上主義で、さらに高圧的で暴力的でした。わたしも信頼できる教員に会うまでは、立派な親だと周囲に話し続けていました。そう言っていないと何をされるか……」

彼女が冒頭でスラスラと学歴を語ったのは、両親の高圧的な矯正が要因だった。

「親の庇護下でないと姉を助けられないと考えていたため、ずっと従属的な関係でした。でも先程話した信頼できる教員に家庭環境を説明してからは、第三者の監視の目が入ってくれて、親の考え方や態度も軟化しました。今は比較的まともな家庭だと思います」

どうやら現在は安心できる環境であるようですが、それでも過去に負った心の傷がすぐに癒えるわけではない。**過去の傷は鬱症状と自傷行為の形で今もまだ残り続けている**のが伺えます。

「お姉さんはどのような暴力を?」

「一番古い記憶はわたしが幼稚園のころに、薬が飲めずにえづいた姉に足蹴りしていた場面です。小学生の頃は曖昧なのですが、成績に関してとても厳しく、父と母で殴る蹴るに暴言。姉は身体中が痣だらけに……」

「それは壮絶だ……。そのような環境で20年暮らしてきたんですから、もへ子さんの苦しみは察するに余ります」

「ありがとうございます……。この話を他人にできるようになったのは最近なので。にゃるらさんに聞いてもらえているだけでも助かります」

「それはなによりです。ちなみに、助けてくれたのは教員の方でしたが、彼氏などはこのことを知らなかったのですか?」

「**中高は女子校でしたので、男の人とはまったく**。大学一年生の頃に3ヶ月だけ付き合った方が初の彼氏でしたが、付き合ってから異常に甘えるようになってきたので……。二人の目の彼氏とは今もお付き合いしていて、とても優しい人です。病気や家族のことを話しても理解してくれましたし、**私が解離を起こしている間も一生懸命に面倒見てくれています**。心から感謝しています……」

「よき理解者がそばに居てくれるのであれば良かった……。壮絶な生い立ちですが、今から少しづつ失ったものを取り戻せていければ良いですね」

「はい。にゃるらさんも含めて、周囲の方に恵まれました」

「そういって頂けると幸いです。ちなみに、最近まで精神病棟に居たとのことですが、入院のきっかけはどういった?」

「鬱の治療もあって姉と二人で暮らしていたのですが、**一時期わたしの自傷行為が激しくなってしまって……**。それを止めてくれていた姉の負担が重なり、姉が倒れてしまったので……。これでは本末転倒だと姉の健康のために隔離目的で入院が決まりました」

「精神病棟はどのようなところでしたか？」

「みんな何かしら傷ついているので、とても優しい人達でした。ナースさんも当然優しいですし。**こんなに優しい場所が地球にあるんだなって**。でも、ストーカーになる人とかも居ました。仲良くなった男性は高確率でそうなりましたね。常に隣を立たれて、なぜかこちらへ向かってしつこくオナラをされてり、話しかけられて触られたり」

「それはそれで病んでいますね……」

「でも常に監視されている場所ですから、一大事にはなりませんでした。ただ、可愛い女子高生の子も居たので、ちょっと心配です」

「基本的には居心地の良い場所でした？」

「はい。ルーフガーデン（飛び降り防止のために高い柵で囲われている屋上の庭）が特にお気に入りでした。そこで大好きな曲を聴いていると、とても自由な気持ちになりました。そこから**高いビルを見つけては、退院後にここから飛び降りようかなって**想像したり（笑）」

「メンヘラギャグだ……」

「あはは（笑）」

本当に楽しく安心できる場所だったのでしょう。話している内に、もへ子さんの表情には笑顔が増えてくる。

「でも起床は6時で就寝は22時。眠れない、起きれない人には辛いでしょうね。わたしは朝ごはんの薄いパンが好きだったので毎日頑張って起きられました。夜に眠れない時は眠剤を飲むこともできます。起床と睡眠時間以外は自由で優しい場所でしたよ」

「それは素晴らしい。僕はずっとシェアハウスで暮らしてきましたが、そこも僕を含めて弱い人間たちが互いに支え合って暮らす、優しく自由な場所でした」

「羨ましい。いつかわたしも連れて行ってください」

「ええ、約束します。ちなみに今は自傷行為は落ち着きました？」

「そうですね。現在はお薬のおかげや彼氏の献身的な看病の甲斐もあって、ほとんどリスカもODもしておりません。**それでも週に2~3回する時もありますけど**」

週に2~3回は十分多いと感じますが、とりあえず黙っておくことに。

「どのような時に今も自傷を？」

「趣味がお絵かきと裁縫なのですが、あっ、お絵かきの方は本当に人に見せられるものではないのでアレですが。お裁縫はそれなりに頑張っています。それでミシンが上手く行かない時に、なんだかわたし自身に生きている価値がないように感じられて……その時に」

「もへ子さんはSNSもだいぶどっぷりじゃないですか？」

「恥ずかしいですが。**アカウントはTwitterだけで6つ**。Instagram、微博、

LINEは一つづつ」

Twitterだけで6つ。迫力がある回答だ。

「Twitterアカウントの使い分けを訊いても?」

「KPOPアイドルを追うアカウント。まれに創作絵を載せるアカウント（好きな作者様へリプライするアカウント）。手作りした人形を販売するアカウント。二次元オタクの取引アカウント。鬱時のツイート用アカウントです」

「分野によって綺麗に使い分けていますね。趣味のアカウントでは病んだ姿を見せないのも流石です。SNSでメンヘラ同士仲良くしていますか?」

「それなりに。**みんなでメンヘラおもしろエピソードを発表したり**とか。わたしのとっておきは、彼氏と旅行に行った際、帰宅するのが嫌で彼がフロントで支払いをしている間に、部屋で彼氏のベルトを使って首吊りしたことです。彼もびっくりして泣き出していました。ごめんなさい……」

本当に反省しているようで、この話をするもへ子さんは伏し目がちになってしまった。

「あらら……。逆におもしろかったエピソードはありますか?」

「覚えてないので人から聞いた話ですけど、母親に向かって**『お疲れ様って言って! ここで死ぬから』って包丁片手に暴れまわった**そうです。記憶ないですけど。母親を殺してから自分で死ねよって感じですよね」

「面白いかはとにかく凄まじいエピソードだ。SNSでメンヘラ同士が集まることで問題などありますか？」

「仲良くしすぎると絶対に問題が起きます。みんな病んでいるわけですから。『#病み垢さんと繋がりたい』ってハッシュタグとかも、それで集まった人たちで問題起こしてさらに病みますから。適度な距離感を意識しないとですね」

これはシェアハウスでも通じる。お互いどこまで干渉し、どこまで干渉しないかの境界線を見極めない限り、弱い人間たちは確実に壊れる。そもそも、**僕らは人との距離感の詰め方が明らかにおかしい**。

「メンヘラ女性はSNSで異性に寄りつかれやすいと思いますが、どうでしょう？」

「メンヘラを好んで近づいてくる男性って、過去にもメンヘラとお付き合いがあって互いに依存し合う快感を覚えているのかなって思います。その分、優しくしてくれるけど、その優しさと引き換えに依存してしまう危険が高いですよね。わたしだって際限なく優しくしてもらいたいですし。**今の彼氏もメンヘラホイホイなのかも**」

「逆に言えば、メンヘラの女性に近づくにはとにかく優しくするべきなんですね」

「そうですね。ただ元からメンヘラの女性に対してでなく、普通の女性を不安がらせたり過剰に優しくすることでメンヘラにする男性は悪い人だなと感じます」

「なるほど。とても興味深いお話でした。最期に、もへ子さんの今後やりたいことなどありますか？」

「ぬいぐるみが大好きなので、ぬいぐるみのために可愛いお洋服をたくさん作れるようになりたいです。いつか服飾学校へ編入できたらいいなって密かに考えています。今度、調子いい時に自信作の写真をにゃるらさんに送っちゃうかもです」

「是非どうぞ。病み上がりにありがとうございました。どうかお大事に」

「ありがとうございます。これからも優しく気遣ってくれると嬉しいです。……依存させないくらいに、ね」

メンヘラの数だけ病んだ理由がある。もへ子さんの環境も掘り下げていくほどに過酷なものでしたが、それでも今の彼女にはそれ以上に優しい身内や夢がある。次に会う時はもっと笑えるようになっているかもしれない。

最後に、おまけで彼女が現在服用しているお薬一覧を置いておきます。

1・エビリファイ（元気がない、やる気がない状態を改善）
2・リボトリール（脳の興奮状態を鎮める）
3・アモキサンカプセル（憂鬱な状態を改善）
4・テプレノンカプセル（胃腸粘膜保護）
5・クエチアピン（強い不安感や緊張感の緩和）
6・レスリン（気持ちが前向きになるのを助ける）
7・デパケン（抗てんかん作用）
8・アシノン（胃酸の分泌を抑える）

case.02

おクスリ系地下アイドル・めりぴょんさん

今回のインタビュー相手は、めりぴょんさんというインターネットで活躍するライター兼阿佐ヶ谷ロフトで地下アイドル的にイベントを行う21歳の女性。

彼女の同人誌を通して僕がインタビューされたことがあり、今回は逆に僕の方からインタビューすることに。世の中何が起きるかわからないものですね。

「それで、めりぴょんさんはどういう理由で精神科に通われるようになったんですか？」

「処方薬にであったのは中2くらいの頃です。当時はすごい躁鬱で学校で色々やらかしちゃったんで、**先生が親に頼んで精神科に行ってみることに**」

「教師からお願いされる程とは……イキリとかでなく本当にすごい暴れっぷりだったんでしょうね」

「躁鬱の躁が強くでていましたね。**気に食わないやつにめっちゃ嫌がらせしちゃったり**。対面で30分くらい説教したりもしましたね」

そう語るめりぴょんさんの顔はどこか誇らしげに見える。さぞかし言語能力に長けた生徒だったのでしょう。

「鬱のときもあったんですか？」

中2のころに大暴れして、教師から精神科の受診を求められたのがおクスリとの出会い。尖り過ぎた精神を抱えつつ、ライターや地下アイドル活動などを続けている。

「すごい多弁なときと寡黙な時の差が激しくて、よく周囲を困らせてしまっていました。めちゃくちゃ喋ったと思ったら急に黙るしで、**周りから疲れるって評判に**」

実際、めりぴょんは自分と話しているときも、人一倍の速さで言葉を並べていく。むかし、突然僕にインタビューしたいと申し込んで来た時も躁状態だったのでしょう。「加速」している時の行動が創作や企画という形に残せるなら、それは長所でもあります。

「それで初めて精神科へ行ったんですね」

「そうです。自閉症用の薬を出されましたね。デパケンっていう双極性障害の薬もだされて、それは今でも服用しています。恐らく生涯ずっと飲むことになりそう」

「僕もデパケンをだされたことありました」

「とりあえず出されることが多いですよね。どの医者もだすイメージです。チュートリアルかよってくらい。今まで3~4人の医者にかかっているんですけど、絶対にでてくるので**自分はデパケンっぽい人なんだろうなって思います**」

「デパケンっぽい人……言い得て妙ですね」

デパケン……てんかんや躁状態、偏頭痛に効く薬。脳の神経をしずめて、気分の高まりを抑えて落ち着かせます。

「それからは、ずっと処方を?」

「されてましたね。高3の頃にはO堂……にゃるらさんも知っている薬の個人輸入サイトで色々と買うようになりました」

O堂……薬の個人輸入代行サイト。抗精神薬以外にも、ダイエット食品や育毛剤など多種多様な商品を取り扱っています。

「僕はよくハイプロンという抗精神薬を輸入していましたね。よく眠れる良い薬でした」
「当時は青デパスの時代だったんですけど、当時規制されちゃって匿名掲示板などのメンヘラたちが発狂していました。わたしもそうでしたけどね。それで個人輸入でデパスを通販で購入するように」
「**みんなデパスが大好き**ですからね」

デパス……ベンゾジアゼピン系に分類される抗不安薬・睡眠薬。依存性もあり、多くのメンヘラがデパスを求めた。昨今では規制も強まり、個人輸入が禁止に。精神科でも出されづらくなってきています。

「日本人はデパス大好きですよね。**わたしもたくさん買って色んな人に布教してました**よ。これ飲んだら眠れるよって」

「その渡し方は怪しい（笑）」

「実際、見事に依存しちゃってベンゾ中毒にさせたりもしましたけど」

ベンゾ系は一度依存すると減薬時に離脱症状で悩まされる。自分の友人も、何年もの間デパスを服薬し続けた結果、飲み続けないと苦しむようになってしまっている。

「発達障害系の診断はでましたか？」

「ウェクスラー式知能検査は3〜4回受けましたね。その度に発達障害と言われて、その時に自分が変だって自覚しました。平均の数字よりIQがかけ離れているんです。特に言語系が」

「コンサータやストラテラなど、発達障害の方が出される薬も飲んでいます？」

「いえ。それは飲んでいないですね。あまり発達障害をつらいとも感じていなくて、Twitterとかだと発達障害で人生に絶望している人が多いじゃないですか。わたしはそうじゃなくて、**生きづらさを武器にイベントなりガールズバーの店員なりって楽しんでいる**ので。それでお客さんも来てくれますし支障はないです」

「お強い人ですね。ガールズバーはどのような感じですか？」

「歌舞伎町にある普通のガールズバーです。時給1500円で超普通。店員さんは容姿だけですべてを解決してきたような女の子が多くて面白いですよ。**そういう子に限ってリスカ跡がある**」

どんどんめりぴょんの舌が加速し饒舌になっていくのがわかる。

「**歌舞伎町はブロンが大流行していますね**。みんな安いお薬しか買えないから。ロヒプノールで舌を真っ青にしていた時代に比べるとライト化してますよね」

ブロン……市販の咳止め薬。エフェドリンというアッパー成分とコデインというダウナー成分が含まれ、ODすることで多幸感を得られることもある。

「昔は歌舞伎町になんでも薬を出してくれるクリニックがあったんですけど、今は舐めた態度でいくと怒られるようになったので、今後はますます市販薬のブロンや金パブでのODが流行るんじゃないかと思っています」

「どちらも若いうちはいいけど、大人になってから副作用の重さを知るので、ODはよくないですね」

「わりと真面目なことも言うんですね」

どうか読者の皆様も**薬物の乱用は止めましょう**。

「本になるんだから、一応ね。めりぴょんはODもしていましたか?」

「よくやっていましたね。ODしすぎて病院で胃洗浄までいきましたよ。睡眠薬最強とうたわれていたベゲタミンAをODしていました。**芥川龍之介も同系統の薬で死んだらしい**です」

「ODは自殺目的?」

「はい。**自殺のためにやっていました**。自殺未遂は何度も」

「それは大変だ。今こうして生きていて良かった」

「よろこんでくれますか?」

「生きていてくれないと本に書けませんでしたからね」

「たしかに(笑)。薬は静岡のヤク中の人から掲示板経由で買っていました。メルカリを利用して。その人、メアドにガンジャって入っているんですよ。実際、大麻で捕まりました。わかりやすすぎて馬鹿だなぁって感じました(笑)」

「大麻の吸いすぎで判断能力が落ちていたのかも」

「そのせいで**わたしの家にも警察がきたんです**。19の誕生日に。部屋を漁られると薬が見つかって困るなって思って、『わからないですぅ~』って馬鹿な女の子のフリしていたら帰りました」

この勢いで大麻にまで手を出さなかったのは偉い。

「ODしてやらかしたことはありますか?」

「もう、何度も。夢見心地で知らない間に友達に電話しまくっていたり。今はハイプロンでODしていますね。飲むと自分の重しのようなものが外れて元気になります。夜中に徘徊したり。普段は化粧とかダルくてしたくないのに、ハイプロン飲んだらるんるん気分でやっちゃいます」

ハイプロン……O堂で輸入できる睡眠導入薬。

「**薬でハイになったツケをシラフの時に払っている**感覚がずっとあるんです。躁鬱の時も躁のツケを鬱の時に払っている」

「恋人相手にやらかしたこともあります？」

「**付き合ってきた人が重度のアル中とかオタクだったので、お互い様って感じ**であまり気にされていなかったです」

「他人と一緒にラリったりは？」

「**対人プレイでラリると絶対に人間関係が破滅する**のはわかっているので常に一人です。それに飲むと時間の経過が早く感じられるので、誰かとやるともったいなく感じるんですよね。ソロでずっとベッドから天井を見ています。寂しいですよね」

「ODでつらかったことなどはなんでしょう？」

「自殺未遂のときに飲み過ぎで吐きまくったときですかね。トラウマです。他にも離脱症状で3日ずっと起き続けている時とかつらい……」

聞けば聞くほどに壮絶な人生だ。

「SNSなどでヤク中の仲間はできましたか?」

「Twitterで『#病み垢さんとつながりたい』ってやっている子より、本当に異常な量の薬を飲み続けている仲間とか精神病棟出身の子とか友達になりました」

「メンヘラを狙う出会い厨の男とかも多いんじゃないですか?」

「**病み垢作ると男からめちゃくちゃDMきますね**。リスカとかすると大丈夫? ってすごく心配される。それ目当てでリスカしちゃう子とか絶対居ますよ」

リスカが承認欲求と直結する。SNSならではの問題を感じさせます。

「その男たちに対して、めりぴょんはどう対応していたんですか?」

「若手俳優にガチ恋していましたし、インターネットで女にDMするような男に構うくらいなら若手俳優に貢いでいましたね。今思うと異常行動でした。当時はキャバクラで働いていたので、**キャバとストーカー行為を往復してましたよ**」

「あなたは芯が強いから大丈夫かも知れませんが、病み垢にDMで構い続けることで繋がれるのは確かかも知れませんね」

「ですね。ほどよく満たされていない女の子をヨシヨシし続ければいいのかも。あとはスマホのゲームで繋がる子が増えている気もしますね。荒野行動とか。ただ**メンヘラの女性たちは一瞬で男を晒すので気をつけてくださいね（笑）**」

そう言っためりぴょんの顔は今日一番うれしそうに見える。怖い話です。

「最後に、今後はどういうことをしていきたいですか？」

「そうですね。とりあえずは**今いる精神科医を大切にしたいです**。お薬いっぱいくれますし（笑）」

「シンプルで素晴らしい回答です。今はどのような薬を処方されているんですか？」

「今はマイスリーにデパケン。それとワイパックス。変にベルソムラなどを出さずに**ほどよくツボを付いた処方**をしてくれる良い主治医です。ずっと居てほしいな」

常に大人びた態度でしっかり話す彼女だが、**薬のことをしゃべるときだけは、どこか幼さが垣間見える**、不思議な子だった。

case.03

SNS自撮りJK・ゆいさん

テレビや雑誌がないと世界に広がらなかった時代と違い、今ではスマホひとつで容易に自分を全世界へ発信することができます。

「自撮り」文化は奥が深い。

どれだけ加工しても「自分」として許されるのか。何百枚も撮影してようやく奇跡の一枚に出会えるレベルの過酷さ。SNSに投稿するタイミングやセンス。

スマホという、一台で撮影から加工、投稿までできる悪魔の機械は少女たちの承認欲求を狂わせる。

今回は、そんな自撮り界隈で活躍するインフルエンサーの女性に話を聞いてみましょう。

「はじめまして。にゃるらさんですか？」

ラジオ会館前で突っ立っていると、とても可愛らしい女性に声をかけられた。**いわゆるオタサーの姫っぽい清楚系の服**を纏った彼女は、その美貌と若さで道行くオタクたちの注目を集めている。

最初は状況を理解できずフリーズしてしまったが、しばらくしてこの子が取材をお願いした自撮り垢の子だと気づいた。

スマホの中だけでも美しい自分を見てもらいたくてやってる界隈

オタサーの姫っぽい清楚系の服に、透明な美しさ。当初は男性にウケる方法を模索していたが、現在は女の子のファンの方が多くなっているという。

「はい。にゃるらです。はじめまして。まるで人形みたいに白い方が現れたのでびっくりしてしまいました」

白い。**服の白さもあるが、肌もオーラも一切の穢を感じさせない**。これがアニメのキャラクターなら間違いなく白髪だろう。

「そんな。今日はよろしくお願いします」

「では、喫茶店に入りましょうか。こんなオタクたちの欲望に塗れた場所にいると、あなたが汚れてしまう」

大げさに言って彼女を喫茶店へ案内する。数分間だけだが、こんな美人の隣を歩けて鼻が高い。

「改めましてにゃるらです。えっと、本にはアカウント名は書けないので、本名の方で呼ばせてください」

「わかりました。では、ゆいって呼んでください」

「素敵なお名前です」

彼女はピンクでうさみみの付いたスマホを机に置くと、注文したパンケーキを美味しそうに堪能し始めた。**スマホケースの幼さだけが浮いている**。

「とてもお若いとお見受けしましたが、年齢は？」

「17です。女子高生やっています」

「女子高生！　そりゃ若い訳だ。早速ですが、自撮り垢とは？」

「互いが自撮りを投稿しあって高め合う界隈みたいな……。あんまり現実で自分を見てもらう機会がない子達が、**スマホの中だけでも美しい自分を多くの人たちに見てもらいたくて**やっている界隈です」

「的確な説明ありがとうございます。すごくナルシストな人たちに見えますが」

「そうですね。ただ、自分の顔が嫌いだから加工して可愛い自分を見てほしいって人もいますし、加工厨だから加工前は絶対に見せないしリアルでは誰とも会わないを徹底している人も居ます」

　加工されたスマホの中の自分と鏡に映った現実の自分。どちらが本物なのか次第にわからなくなってきそうな話だ。

「ゆいさんが自撮りにハマったきっかけは？」

「もともとはニコ生をやっていたんです。**生主。小学生の頃かな**。かわいいかわいいって多くの人に言われて、それでTwitterにも流れで自撮りを貼るように」

「子供の頃から囲われ慣れしていたんですね」

「そうかも知れません。ニコ生時代は500人規模のコミュニティで男性のファンだらけでしたけど、今は女性のファンが多いと思います。あんまりエロっぽいことしないからかな」

言われてみると、ゆいさんは美人だが「女性が憧れる女性」に近い気がする。

「なるほど。自分がかわいいと気づいたのはいつごろですか？」

「かわいくなったが近いですかね。中学生の頃に制服で配信したらすっごいウケて。そこから**男性にウケる方法はつねに模索するようになりました**。一昔前の自撮り界隈の流行りは白っぽい感じです」

「白？」

「白を基調に儚い感じっていうか」

「自撮り界隈にも流行があるんですね。インフルエンサーから広まっていく感じなのでしょうか？」

ただ可愛いだけでは足りない。自撮りを極めていくからには流行だっておさえる必要があるようです。

「海外の流行からウチらに流れてくる感じです。数年前は白っぽい服装で清潔感をウリにした画像とかがＴｕｍｂｌｒで話題になっていて。それを真似していくうちに、自撮りアカウントも流行に乗っていくっていう」

「オシャレの最先端は海外にあるわけだ」

「**ちなみに、今の流行はアングラっぽさ**です。暗くて黒い写真が求められている気がしますね～」

白から黒へ。急に真反対へ進むこともあるのだから流行を追っていくのは難しい。

「アイドルとかもヤンキーっぽい人たちが有名になってきましたからね。かてぃちゃんみたいな。ご存知かも知れないですけど、ZOCってグループがあって、そこの人たちが大人気です」

「かてぃさんもZOCなんですよね」

「ですです。後は、あのちゃんとかもかな。ちょっとグレた子の自然体のような写真が大ウケしていますね」

「女性が思うまま生きているって感じが、彼女たちの写真から伝わってきますよね。力強さがある。そういう女性らしさからの解放は、時代性を感じます」

「**時代なんでしょうね。男性より女性からの需要が高い**んです。こんな子になりたいなって思いながら他人の自撮りを見る。もちろん、わたしにもゆいちゃんみたいになりたいです！って女の子のファンもたくさんいます。っていうか、今は女の子のファンだらけですね」

男性のファンから性的に見られるよりは、どう考えても健全な環境でしょう。彼女たちの自撮りは、夢見る少女たちの憧れを背負っているわけです。

「ちなみに自撮りのコツとか技法を訊いてもよろしいですか？　使用している機材なども」

「とりあえず完全に全て自分で撮っていますね。機材は全然スマホです。iPhone X。

画質がとても良いので助かっています。画面は割れちゃったんですけど、カメラは無事なので」

ピンクのスマホケースに、ひび割れた液晶画面。こういうところは年相応らしくて安心感を覚えます。

「加工はSODAってアプリを使っています。SODAは撮影時に画質が落ちないのがいいんですよね～。後はビューティープラスってアプリで目の大きさとか輪郭を変えたりできます。SODAで撮ってビューティープラスで加工する。それからフォトショップのアプリ版で色味も変えたり、最後にTwitterに投稿するならTwitterのフィルターでさらに弄ることもありますよ」

本当にスマホひとつでなんでもできる。素晴らしい時代です。それにしても写真一枚を投稿するのに大掛かりでびっくり。**自撮り一枚に込められた魂を感じさせます**。

「昔は顔が映っていない写真がウケる時期があって。その時は首から下のみ晒して雰囲気系の白いドレスを着ていれば良かったんで楽だったんですけどね」

それは、自撮り界隈としては本末転倒なのではないかと思いましたが、言わずに飲み込んでおきました。

「服は原宿とかで売っているやつです。SNIDELが好きなブランドです。昔はもっとロリータな服着てましたよ。MILKとかAngelic Prettyの王道でした。今もたまに着ちゃいます」

本当にロリータな年齢なので、ロリータ服もさぞかし似合うのでしょう。この貴重な若さを永遠に残すため、彼女たちは自撮りをしているのかもしれません。

「服にどれくらいお金かけているんですか?」

「今はあまり買っていませんが、**全盛期は月に5～10万円。化粧品も合わせると15万円**とか使っていましたよ。信じられませんよね～」

「なるほど。では、自撮り界隈の人たちになにかプレゼントするなら化粧品が最も喜ばれる?」

「Diorとかイブ・サンローランのリップがもらえると嬉しいな。こっちが色を指定できるなら尚更うれしい!」

「じゃあサプライズのプレゼントは難しいですね」

「ですね(笑)。それかDiorのリップで色がない保湿用が良いかもです。それならサプライズで渡せるし、大体の子は喜ぶと思いますよ。汎用性があるから」

「なるほど。勉強になります。ちなみにお金はどこからでていたんですか?」

「交際相手が弁護士だったのですが、彼は嫁さんからわたしに浮気していて、**それで月15万円をお小遣いでわたしに渡していたん**です」

「!?」

突然、弁護士やら15万円という大金が飛び交い始めたので混乱してしまった。

「あはは」

「でも、若いうちから浮気相手にされたり大金を簡単に手にする経験があれば、病むこともあるんじゃないですか」

「**病みましたよ。不安定な関係って心も不安定になりますよね**。いつお金が貰えなくなるんだろうって心配ばかり。目先のことだけ考えて近寄った関係だったんで。関係があった時期はずっとメンタルの病院に通っていて」

「そして、関係に耐えきれずに自分から切った？」

「正解です。よくわかりましたね」

「ゆいさんから感じる生命エネルギーというか、強さからしてそう決断するだろうなと」

「最後のあたりはリスカとかしまくっていましたね。**太ももをよく切っていました**。クスリをODして太もも切りまくりで。見ます？」

見ると犯罪になりそうなので慌てて遠慮した。

「ちなみに入れ墨もあります。背中に。ハガキサイズの入れ墨って1万5千円～2万くらいでリーズナブルなんですよ！」

「入れ墨と自傷跡がある女子高生、こわすぎます」

アングラな将来性の意味では、本書の中でも最も有望株です。どうか、彼女が明るい未来を歩むことを願いますが、そんな退屈な人生に収まる気もしません。

「先程おっしゃったように、今では女性ファンだらけなんですよね。ＳＮＳで男性から言い寄られることはありますか？」

「全く無くなりました。なんか**地雷っぽさが前面にでちゃってるのかな**」

「ちなみにＳＮＳのアカウントの数や用途を訊いても？」

「３つだけです。意外と少ないでしょう。メインの自撮りアカウント。サブ垢……仲良い人と繋がるための裏垢ですね。そしてリアル用のアカウント。これだけ」

「健全にＳＮＳを活用しているようで何よりです。自撮り界隈に憧れの人などは居ますか？」

「金子理江ちゃんです。とにかく好き！　最高にかわいい！」

ゆいさんは嬉しそうに金子さんの自撮りを見せてくれた。まるで自分の自撮りかのように自慢する姿は、憧れのアイドルと自分を重ねているようで、多くの女性の羨望を集める彼女も、また誰かに憧れる一人の少女であることがわかる。

「たしかにかわいい。下世話な話で申し訳ないですが、どうすればゆいさんのような自撮り界隈の女性と仲良くなれるでしょうか？」

「開催しているイベントがあるので、そこで仲良くなるとか。後はコメントやいいねを程よくすると印象には残るかな。もちろん、やりすぎはダメですよ」

「自撮り界隈のイベントがあるんですね」

「そうです。それに参加した際に、サブカル自撮りスレでブスって書かれたときはボコボコにしようかと思いましたよ。女の敵は女ですね〜」

笑顔でさらっと暴力的な話をする。

「今後はどうなりたいとかってあります？」

「うーん。とにかく**自撮りにいいねが増えると嬉しい**です！」

「単純明快で素晴らしい。自撮り、好きですか？」

「はい！　自分の理想の姿が作れることに喜びを感じます」

最後に彼女と二人で写真を撮って解散しました。

彼女の加工アプリの中での僕は、現実の姿とは似ても似つかない、小顔で色白のイケメンになっておりました。

chapter 1 MEMO

こころの弱さを
武器に変えて。

chapter

2

ヲタク業界女子

otaku
gyoukai joshi

一見、明るく花のあるオタク業界にも、当然裏の顔があります。

特に、最近だとクリエイターも声優と同じくアイドル化が著しく、イラストレーターの中にも、まるで二次元キャラクターのように異性の影を感じさせない美少女として振る舞う派閥もできるほど。

そういったクリエイターを集めたイベントや雑誌もあるなど、繊細なオタク男性たちの理想をお金と承認欲求に変えようとする動きは業が深い。

クリエイターの描く美少女像を本人に重ねたり、また自分が好きなものを作っている＝自分のことを理解してくれると思い込んだり。そこには勘違いと打算とお金、愛憎と心の闇の種がふんだんにまかれているのです。

SNS上で活動する女性クリエイターにとっては、チャンスでもあり、心をすり減らすきっかけだったりも。オタクとの距離感ややり取りの得意不得意も、重要になってくるという試練。

実際、女性クリエイターに群がるオタクたちはごく簡単にアンチに変わり、ストーカーじみた行為に日夜いそしむようになるのでした。気をつけようね。

彼女たちは、表のアカウントでキラキラした美少女と、それに負けないくらいキラキラなキャラ付けで活動し、裏垢で彼氏や嫌いなクリエイターを罵ったりする。イラストと本人の顔なんて関係ないはずなのに、インターネット上には女性絵師の可愛さランキングなる格付けを行うコミュニティも存在し、同業者や童貞オタクたちの罵詈雑言が日々重ねられています。

できる限りオタクを傷つけずにお金を搾り取る手法が確立されるにつれ、作り手側にも「かわいくない」要素は排除されるように。

が、その環境を逆手に取って、人間としてのリアリティやオタクに対して強気な態度で攻めたキャラクターで売る女性も散見されるように。

例えば声優の青木瑠璃子さんは、ポケモンの画像に「かわいい」と添えたツイートにフォロワーのオタクからついた「そいつ進化したらオタクみたいになりますよ」というリプライに対し、「おまえらも昔は可愛かったってことだよ」と鋭い返信をしたことで話題になり、その力強さがインターネット上での人気に繋がりました。

コスプレイヤーの中でも、そういった強い女性として同性異性問わず人気を集める方も。知り合いのコスプレイヤーも、童貞のオタクを煽りつつも、そのスタイルと実力で小うるさい方々をねじ伏せたりしています。これからはインフレし続けたかわいいよりも「カッコいい」が評価される時代になるかも知れませんね。

この章で紹介する3人も、このクリエイターとしての実力だけでは生きていけない業界の荒波を上手に乗りこなしている方々。

「男レイヤー食いコスプレ女子大生」は、一般的に活躍する有名レイヤーではなく、趣味の延長で仲間とコスプレ活動をエンジョイしつつ、男性レイヤーを「食う」ことを楽しんでいるという肉食系女子に。

人気男性レイヤーとセックスすることで承認欲求を満たす、コスプレイヤーの新たな視点が楽しめます。

「リョナ系エロ同人女子」は、精神の弱さや生きづらさを同人誌の実力で覆す、ある意味では逞しい女性です。一冊の人気エロ同人誌が作られるまでの、本人の葛藤とドラマを追体験してください。

「コスプレカメラマン女子」は、元コスプレイヤーであることを活かした現役カメラマンで、同じ女性だからこそ撮影できる独自の構図や世界観の写真により、多くの女性コスプレイヤーから支持を得ている強者です。

クリエイターの強さと弱さ、かわいさもカッコよさも全て積み込まれた贅沢な章です。アナタの好きな作品の裏側に思いを馳せながら、きれいな業界のキラキラだけじゃない裏側をご堪能ください。

case.04

男レイヤー食いコスプレ女子大生・R子さん

コスプレイヤーといえば、身内だけでカジュアルに楽しむ人達から、商業ベースでがっつりお金も絡んで動くプロレイヤーまで十人十色。今回は、身近なレイヤーの事情を訊いていこうと、趣味の範囲で楽しむ女性を選んで取材させてもらいました。

今回取材させて頂いた方は、すでに**婚約済みの彼氏がいるのに関わらず、男レイヤー食いを止めない剛の者**。いきなり飛び出てくる爆弾発言の嵐から、コスプレイヤーの裏事情を根掘り葉掘りしていきましょう。

「はじめまして～。R子っていいます。にゃるらさんのTwitterよく見てます（笑）」

旅行ケースを重そうにガラガラ引っ張り現れたのは、ラフで今風な格好の女子大学生。黒のセーターにゆったりめの白のパンツで、いかにも平和な休日を感じさせる。コスプレ時の凛とした格好とのギャップが男心をくすぐる。

「ありがとうございます。突然DM送って申し訳ない。その荷物はイベント用？」

「はい！　田舎からきました。今日は東京で泊まって、翌日千葉の方のイベントに出る予定」

「なるほど……」

はきはきと喋る姿にオタクらしさが全く感じられず、少したじろいでしまう。**長身でいか**

スラっとした体形で、20歳という年齢の割に大人びた雰囲気。しかし男性レイヤーとオフパコしまくり&パパ活もたしなむ剛の者。さらに推しキャラの死に涙するガチオタな面も。

にも女性にモテそうな女性だからか。定番の質問から始めていきます。

「大学生くらいに見えますが、おいくつでしょうか？」

「いくつに見えますって言っていいかな？」

「コミュニケーションに慣れている人の返しですね。22くらいですか？」

「20になったばかりです。老け顔ってよく言われる（笑）」

年齢以上に見えたのは、そのスラッとした体型のせいだろう。男を子供のように扱う大人の女性の雰囲気が漂っている。頭から爪先まで眺めてみると、指輪をしていることに気づく。

「それ、婚約指輪ですか？」

「そう！　といっても安物だけど。**彼氏が心配性で着けてろって**」

「DMで先に訊いていた事前情報では、浮気もしているって話していましたが」

「浮気っていうか、男性レイヤーとか大学の人と流れで仕方なくってことがあるだけ（笑）。**性欲って抑えられない面もあるし**」

随分な内容をあっけらかんに話してくれるので、彼女の大人なオーラの正体が掴めてくる。男を手玉に取るタイプであることは、見た目と一致しているようです。

「今は大学生ですか？　アルバイトなどもしているのでしょうか？」

「大学生です。大学に通う回数少ないから、バイト多めでガールズバーやってる」

コミュニケーションに強そうな印象も、ガールズバーなどで修羅場をくぐってきたからだろうか。

「コスプレ費用をバイト代から捻出している感じですか？」

「そうだね。コスプレ1回で自作なら平均2万くらい。鎧系はもう少しかかる。通販なら鎧系は15万とかするし、布系でも1万～3万は平均で飛ぶかな。スタジオとかイベント参加費がまた数千円かかるけどね」

「R子さんは主にどんなジャンルを？」

「主に刀剣乱舞でした。男装やっています！」

男装レイヤーなら女性にモテそうなはずでしょう。その長身を活かしたベストマッチを感じます。

「本当は女児アニメのキャラクターみたいな可愛い系もやりたかったんですよ。でも、わたし大きいから（笑）」

苦笑する彼女の横顔は、たしかに幼くはないが美人だった。

「プリリズもお好きなんですよね。特にレインボーライブが。なるちゃんとかは……無理か」

「なるちゃんは可愛い系じゃないと無理ですね。あんちゃんやりたいんですよ。一番好きなキャラなんで」

「あんちゃんなら長身の女性は似合いますよ」

「でも、呼ばれるのはキンプリキャラの男装なんですけどね（笑）」

美人といえども好きなキャラクターのコスをすれば良いというものではない。自身の体型や顔に合わせた選択が必要である。

「今はFateがメインのアカウントに移行したので、Fate関係しかコスしませんね」

「ジャンルによって縛りがあるんですね」

「暗黙の了解みたいな。ジャンルごちゃまぜで活動している人も居るけど、趣味でやってると固定の人が多いかな。作品ごとに分けたりしている人もいるよ」

「ちなみにR子さんのTwitterアカウントはいくつでしょうか」

「**少ない方ですよ、わたし。6個です**」

男性の平均からすれば、片手に収まらない時点で充分多い。

「メインのコスプレ垢。コスプレ垢の日常垢。さらに日常垢から仲いい人だけ厳選した垢。裏垢（エロ系）。えっちなアカウントを見るための垢。大学用のリア垢」

「……!?　後半に大変なアカウントが固まっていますね」

「リア垢がですか？」

「いや、そこじゃなくて」

「ああ。じゃあそれぞれ説明しますね。メイン垢は、さっき話したコスプレ用。そしてコスプレしていない、どうでもいいことは日常垢でツイートしています。さらに身内だけ厳選した垢。ここまでは誰でもこんな感じじゃないかな。**エロ系の裏垢は、オフパコ相手見つけるために胸まで見せているやつ**で、見る垢はそのまま、わたしと似たような裏垢界隈の観察用」

「オフパコ相手に飢えていますね」

「**男性レイヤーとパコる時と、エロ垢で選んだ太客とパパ活って感じ**です。レイヤーってお金必要だから(笑)。あと承認欲求も強いし、えっちな裏垢持ってない子って少ないと思うよ」

「普通にコスプレしているだけなら儲かりませんもんね」

「何千人もフォロワーが居て、えっちなコスプレするなら儲かるかもだけどね。わたしは友達に誘われたのがきっかけだし、身内でワイワイできたらいいから、そういうの興味ないな」

流行の性的なコスチュームの波に乗り、うまくフォロワーを何千人に増やした後に、個人撮影のイベントを開催したり、コスプレROMを販売するなどのやり方でお金も増やせる。現代ならクリエイター支援サービスを利用し、課金者のみに過激な衣装を披露することもできる。が、その生き方を選択するのは相当な覚悟と失うものがある。

「わたしの場合、大学では普通の趣味やっているんで、お金さらにかかるんですよ。飲み会系のサークル入っているし、コスメとかショッピングとかもやりますし」

「多趣味ですね」

「そう！　コスプレイヤーって、それしか趣味のないオタクの子が大半なんですけど、わたしはパリピもやるから。普通の大学生の趣味費用＋コスプレ費用って感じで。だからパパ活も仕方ないよね」

美人を保つ裏には、それ相応の努力があった。**オタクであってパリピにも馴染む。光と影が融合した姿**だからこそ、ただならぬオーラを放っている。ライトアンドダークネス・ドラゴンだ。

「清濁併せ呑んでいますね。いや、二足の草鞋が正しいかな。それだと男は陽キャもオタクも寄ってくるんではないですか？」

「男装なんで、オタクからは全然ですよ。男性レイヤーからは、アプローチあるけどね」

「さらっとDMで話してくれましたが、男性レイヤーを食っていらっしゃる？」

「そうですね。**男性レイヤーってオフパコ好きなやつだらけですよ**。女性とちがってキャラクターになりきろうって思う男性のほうがヤバくないですか？」

「たしかに」

「特に、**露出レイヤー（露出の高いコスプレの多いレイヤー）への絡みが多い人って絶対にパコってます**。だから誘うのも簡単なんですよ」

「どういう流れなんですか？」

「仲良くなって食事して、後は酔った振りです。相手の家かホテルに入ったら流れで」

「百発百中？」

「そもそもパコる気皆無の男っているじゃないですか。ちゃんとした彼女や嫁さんがいるとか。そういうタイプは無理です。わたしはガールズバーで鍛えられたんで、どっちのタイプか人より分かるつもり。今の彼氏は速攻でパコりたいタイプってわかりました。実際セックスしてから付き合ったし」

こういった話もトーンを変えずにさらりと言う姿勢がカッコいい。

「**今の彼氏もレイヤーですけど、とにかくチンポがデカい！** チンポから好きになったんです。見ますか？」

「悪い気がしますけど、好奇心が抑えきれないので見ます」

彼女は嬉しそうにスマホを取り出すと、澄ました表情で、そそり勃つ巨大な陰茎の画像を見せてくれた。

「たしかに、これは大きい」

「でしょ！　でも、これちょっと盛ってるんですよ。チンポも盛ることできるんです。まあ実際も大きい方なんで良いんですけど」

こころなしか、**今までの話題の中で最も息が弾んでいる**ように思える。

「危険な男性レイヤーってなんとなくわかるんですか？」

「危険っていうか、このレイヤー**すぐ女食うらしいよってレイヤーたちの裏垢ですぐ回って**噂になります」

「女性たちのネットワークって凄そうですもんね……」

「**みんな周囲の悪口言うアカウント絶対持ってますから**ね。同性同士でも結構醜いですよ」

「逆に、R子さんは男装ですし女性からアプローチされたりはしないんですか？」

「……あります。男装していると、たまにわたしを本気で男と思ったファンからDMきたり。あとは出会い系のサクラっぽい女からもくるけど」

「いいですね。ガールズバーでなく、男装系のバーとかで働く気はないんですか？　秋葉原には色々ありますよ」

「あ～。でも、**若い女性ってなに考えているかわからなくて**。男の客なら大抵の喜ばせ方は熟知しているつもりですけど」

「喜ばせ方って？」

「適当に褒めまくる（笑）」

悲しいほどに男は単純で女性が複雑であることが伝わってくる一言だった。

「オタクはこないんですか。ガールズバー」

「こないね～。たまに客引きしている時に通っていくオタクがスマホでFGOやっているけど、どうせ興味ないだろうから話しかけない。本当はわたしもそっちの人間だよーって思いながらスルーしてます」

「それFGOでしょって感じで話しかけたら喜んでついてくるんじゃないですか？」

「いや～、だって**お店で3000円使うより、そのお金で10連ガチャ回してほしい**じゃないですか（笑）」

「あっ。そういえば女に言い寄られたとは違うけど……。仲良いレイヤーの子とは、ちょっとそういうこともあるかな。この前、**一緒にラブホ行った時にちゅっちゅしたし、お風呂に一緒に入っておしっこかけあったり**もした（笑）」

「それは……だいぶワイルドですね」

突然話がものすごい方向へドライブする。この掴みどころのなさが魅力なのでしょう。

「コスプレイヤーとガールズバーって相性良いの。どっちも使うコミュ力いっしょだから」

「コスプレイヤーもコミュ力って必須なんですか？」

「うん。○○あわせってあるじゃん。同じ作品のキャラクター同士で集まって、原作再現したりする企画。あれのために知らない人たちと話たりするし、基本は一人じゃなくて身内で行動するから、**場の空気読む能力とかないとヤバイ**よ」

「そのコミュ力ってR子さんはどこで鍛えたんです？」

「わたし田舎だったから、オタクとか陽キャ関係なしにみんなで喋るし。あとわたし、不登校の子にお手紙とか進んで渡しに行くタイプだった（笑）」

「いいですね。僕が学校サボっていても、やる気なさそうな教師のおっさんしか来ませんでしたよ」

「中学の頃はオタクを隠していなくて。黒バスや進撃の巨人でオタクになったんですけど、毎週クラスのみんなにジャンプ貸してた」

「それは腐女子方面？」

「最初は夢女系。緑間とか大好き。それから**進撃でリヴァイとエルヴィンで腐った**」

「エルヴィンが死んだ時どうでした？」

「死ぬほど泣きました（笑）。あと**緑間と高尾が付き合っているの見て失恋したい**って考え続けてた。その裏でみんなでドッジボールとかやったりで。だから陽キャともオタクとも話せるよ」

「僕も田舎だったんで、田舎の知識がないからこそのオタクへの許容ってありますよね」

「そうそう、まさにそれ！」

良くも悪くも田舎はゆるい。しかし、一歩間違えたらオタクがイジメに繋がる環境なので油断は禁物であるが。

「他に揉め事ってあります？」

「思ったより平和だと思うよ。ただ素人レイヤーってお金ないから、お金の貸し借りで揉めて疎遠はある」

「女性レイヤーとお近づきになりたい時って、やっぱりお金ですかね」

「そうだね。あとは承認欲求強いから、自分もレイヤーになって警戒心なくして、自然に話しかけて仲良くして褒めまくってあげて。それが無理ならお金だね。わたし、**パパ活相手とかお金以外何も求めてない**。顔とかどうでもいい（笑）」

やはり世の中お金なのだ。特に趣味代としてお金が浪費されていくので、学生レイヤーは特にお金に困っている。大人の財力で支援してあげると当然喜ぶはずでしょう。

「ありがとうございます。R子さんの話、とっても刺激的でした。売れているレイヤーって、言いそうなこと大体わかるんですけど、素人だからこその裏事情とか経済事情が訊けて満足です。最後に、これからどうなりたいか聞かせてください」

「楽に生きたい!!! **どうせ今の彼氏とも別れるし**、もっと良い男掴まえて、コスプレを趣味にしながらのんびり生きたいな。まだまだ子供なんでなにもわかんないですけど！　あっ、わたしにゃるらさんみたいなロン毛の人好きですよ」

「ちゃっかり誘わないでくださいよ……」

最後に大人の余裕でからかわれてしまったが、インタビュー後にアイスティーを飲み干したR子さんは、明日のコスプレイベントの打ち合わせのため友人のもとへ消えていった。衣装が詰まった旅行ケースをにやけ顔で引っ張るその姿は、**無茶苦茶な生き方の中でレイヤーの誇りを感じさせる**気高さがあった。

case.05

リョナ系エロ同人女子・A美さん

男性のオタクが、ある意味で最もお世話になる存在、それがエロ同人作家。

昨今では、女性ながらのロリポップで愛らしいロリータ漫画や、ドロドロとした人間関係や男女の愚かさを女性視点で描いた作品も珍しくありません。

さて、身近に自分の**趣味嗜好を理解してくれる異性がいれば、勝手にアイドル化してしまうのがオタクの性**。女性エロ同人作家もご多分に漏れず、声優のようにアイドル視されてしまうことも。当然、それを利用する作家も。事務所を介さない分、声優よりも身近ゆえに勘違いしないよう読者の皆様には注意していただきたい。

今回は、顔出し無しでフォロワー1万クラスの女性エロ同人作家へのインタビューに成功しました。いわゆる売れ始めた時期に入った実力派の彼女の裏事情と本音を赤裸々にしていきたいと思います。

「A美です。よろしくお願いします」

喫茶店に現れたのは、**黒ずくめの服装に黒のチョーカーを着けたパンクなダウナー少女**。一見しただけでは、家でせこせこ原稿をしているより、クラブでタバコを吸いながら横目でステージを眺めているタイプに見える。

ドMなリョナられ性癖と持ち前の画力で、エロ同人作家として大きくなりつつあるA美さん。同人誌はお金のためとのことだが、それだけではないのではないかと思ってしまう。

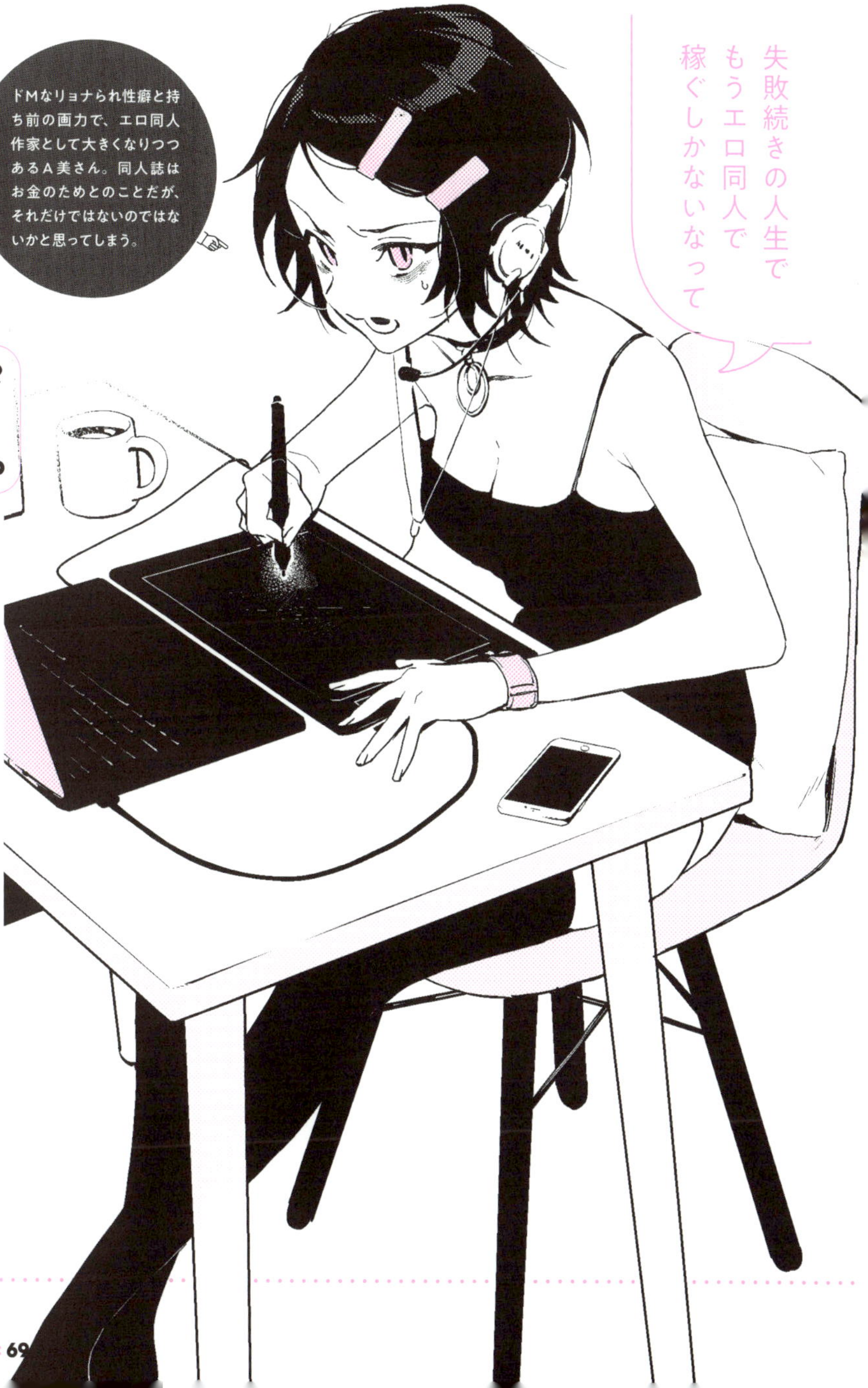

「にゃるらです。今回は取材をお受けいただきありがとうございます。失礼ですが、バンギャっぽいとよく言われません？」

「言われます（笑）。実際は**人が多いのがイヤでライブとか全然行かない**んですけど」

生まれ持った美的センスが高いので、自然と個性の強い服装になっているA美さん。まさしくクリエイター向きだ。

「20歳くらいかなとお見受けしますが、どうでしょう？」

「ちょうど20歳です。お酒とか堂々と飲めます（笑）」

ストローの袋を弄って遊びながら答える彼女の姿は、実年齢よりもだいぶ幼く見える。

「飲み会とかするんですか？　作家同士の打ち上げとか」

「誘われはするんですけど、全然行きません。宅飲み……一人で飲むことはかなりあるんですけど。打ち上げも全然行かないです。作家同士が集まって話すことって、**お互いを社交辞令で褒め合うって感じで、あんまり好きじゃない**」

どこの業界も打ち上げには多くの思惑と事情が入り混じっている。コミケが絡むと多額のお金や名声が関係する同人作家の打ち上げとなると、さらに地獄のような雰囲気になることもあるでしょう。

実際、僕が参加したコミケ後の大規模な打ち上げでは、大手作家たちへ必死に名刺と新刊を配る苦笑いが張り付いた若手の姿や、自身の容姿が匿名掲示板で高く評価されていることを声高に主張する女性作家などが跋扈し、地獄の釜の蓋を開けた気持ちになったりも。

「普段はなにをして暮らしてらっしゃるんですか?」

「週2でアルバイトしてます。わたし、**パニック障害持ちなのでバイトの時間自体かなり減らしてます**。あとはクリエイター支援サービス用のイラスト描いたり、次の同人への準備したりとか」

クリエイター支援サービスのおかげで、毎月数百円を支払うファンを集めることが可能となり、同人作家たちの生活は大きく支えられるようになった。精神が弱く、社会に適応できなかった彼女にとって、**誰とも顔を合わさずにイラストを描いて支援される仕組みは天国のよう**だという。

「色んなバイトやったんですけど、すぐパニックになったり失敗したりでバックレるを繰り返しちゃって。今も他人と話す必要のないバイトを時間だからどうにかなっていますね」

「精神科などには通っていますか?」

「通おうとした時期はあるんですけど、ほら、どうしてもそういうところって途中でサボっちゃうじゃないですか」

「痛いほどお気持ちお察し致します」

自虐の度に彼女は儚げに自嘲する。同人作家として、それなりに位置に上り詰めるまでは苦労の連続であったことが伺えます。人に歴史あり。

「絵である程度は生活できるようになったのは、大分ありがたいことですね。いつ頃からイラストを描きだしたんですか？」

「高校2年生の頃です。それまでもマスコットとか動物描いていたんですけど、いわゆる萌え絵の美少女は高2からなので遅めですね」

「美少女でなくとも、人間自体は描いてますよね？　特定を避けるために読者にお見せできなくて残念ですが、そもそも人体の描き方が巧すぎる」

「中学の頃からデッサンは続けてましたね。その時は、**自分がこんなにアニメにハマって美少女ばかりを描くことになるとは想像してませんでした**けど」

A美さんの描くイラストには、萌え絵のデフォルメでごまかさない、生々しい体つきと絡みが描写されている。これは、美少女絵のみでなく、そもそも人体の基本を理解していないと描けないことは素人目にもわかる。

「やはり。イラストの練習自体は何年も続けてきたからこそですね。アダルトな絵に関してはいつ頃からでしょうか？」

「18になってすぐです。それまでも、**自分がちょっと特殊な性的嗜好だったこともあって、**性への関心はバリバリあったんですけど。エロを描こうと思ったきっかけは………お金になるからです（笑）」

「なるほど。わかりやすい！」

「精神状態がヤバい時に休学しちゃって、もうわたしの人生は絵で稼いでいくしか無いだろって思って。それで**手っ取り早く稼げるのはエロだろって**」

「なんか若い子が風俗で働くまでの過程と似ていますね」

「あはは（笑）。わたしみたいなのが絵を描けなかったら、お水とかやったりするのでしょうね」

「18でアルバイトでなくしっかり稼ぐためのビジョンを持って人生と接するの素晴らしいことですよ」

「とにかく親に迷惑かけたくないんで、でもわたしの**失敗続きの人生を考えると就職してもさらに迷惑かけるだけだなって**。かといって芸術の世界にいく実力でもないし。これはエロ同人誌にいくしかないって考えました」

「それでエロ同人作家になって、今も週2でバイトもあるとはいえ、ちゃんと稼いで生活できているんですから大成功ですよ。フォロワーの増加率的にも、これからどんどん伸びていくでしょうし」

「そう言われると嬉しいです」

　A美さんは上機嫌でケーキを追加で注文した。どんどん良い物を食べてどんどんえっちなイラストを描いて欲しい。

「あと、イラストを描いていたらエロ同人作家の友人ができたので、その人に誘われたて後押しされたのも大きいです。まだエロじゃない絵しか描いてない時からフォロー返してくれた男性で。そこからDMでやり取りして通話したりって仲良くなりました」

未成年の女性をエロ同人作家に仕立て上げる男性同人作家という字面だけでは犯罪チックですが、ともかく彼女の才能が無事に然るべき場所で花開く結果になったのはなにより。

「ちなみに、特殊な性的嗜好をお持ちとのことですが、差し支えなければそちらについて訊いてもよろしいでしょうか?」

「……**リョナです(笑)**」

「なるほど」

リョナ……ヒロインが戦闘でピンチに陥ったり、拷問を受けたりするシチュエーションを好む性的嗜好。

見た目の印象通りであったため、そこまで驚きはないものの、逆に**見た目からリョナられ好き臭がここまで滲み出ているのも才能**だなと感じます。

「誘ってくれた人もリョナっぽいハードな同人作家で。だから性的嗜好とか貞操観念観が一致して仲良く。ちょうどバイトが上手く行かずに泣きながら帰ってくるを繰り返していた時期なんで、お金のためにやるぞと」

「初の同人誌は何部刷ったんですか？」

「200部です。それから電子版も売ったので合計300くらいは捌けたかな」

「初同人誌で200部完売！　それは間違いなく才能です」

30部売れただけでも上出来のコミケ初参加で、200部売った上にまだ絵柄の伸びしろも大きい未成年。ここまで才能と実力の塊であれば、アルバイトでやらかしたくらい些細なことでしょう。

「どういう同人誌を描いたのでしょう？」

「好きな**深夜アニメのキャラクターを若干リョナる感じ**の本です。やっぱりハードにしすぎると売れないので」

「好きなキャラクターだからこそリョナりたいタイプなんですね」

「はい。それに、自分が好きなキャラクターが、その作品で一番人気のキャラかつ生意気系だったのでリョナとの相性も良くて。これは**お金にもなるし、好きなモノも描けるしで最高だなって**。これで売れたら同人誌を続けていこうと思ったら、本当に売れちゃった（笑）」

「なろう系の主人公みたいですね。自分の実力がこんなに高いことに気づけなかったと」

「そういう言われ方は恥ずかしい（笑）」

好きなキャラクターがリョナ向けかつ、ちゃんと同人誌需要が高い人気キャラクターであったのは幸運。いや、無意識にリョナりやすいキャラクターを好んでいただけかも知れませんが。

「同人誌が売れて、SNSのフォロワーも増えてから生活とか周りからの扱いなどは変わってきましたか？」

「匿名のサービスで**アンチが増えました（笑）**」

売れ筋の同人作家に対しての怨み妬みを匿名サービスを通して本人に送る……どこの業界でも絶対にある避けられないイベントなのでしょう。

「最初は女性であること隠していたんで、単純に絵が下手だとか調子に乗るな系の罵詈雑言が多くて」

「女性であることを隠していたのは、出会い厨への対策？」

純粋にイラストや同人誌を見て欲しい女性作家の中には、変に恋愛関係のいざこざや出会い厨とのトラブルを避けるため、性別を隠して活動する人も多い。

「そういうのとちょっと違って。わたしはどうしても、同人誌って男性が描く作品の方が実用的だと思っちゃうんです。実際、わたし自身も男性が描いた同人誌の方が好きですし。だから、わたしの本も**女性が描いているから抜けないって思われるんじゃないかって不安で**」

性別でのトラブル対策かと思ったら、もっと意識の高い立派な理由でした。たしかに自分の作品の実用性を性別のバイアスで左右されるのはイヤでしょう。世の中には、女性が描いているという事実だけで興奮する読者もおりますが。

「女性であることを明かしてからは、**荒らしの方向性が『オフパコしませんか?』とか**、そういう下品寄りになってきて」

「それは随分と欲望丸出しですね。女性作家あるあるでもあると思いますけど」

「それで『キモいからやめて』って正直に返したら、次は『エロ同人を描いている女の分際で』って感じに切り替わった」

「なんともわかりやすい方で、ここまで率直だと好感持ってしまうほどですね」

「**『女がエロ同人誌を描いているんだからセクハラくらい我慢しろ』**とか言ってきたり」

「風俗で嬢に説教するタイプの方ですね。いや、ここまで陰湿だと現実で外に出れない可能性もあるくらい」

「匿名でメッセージ送れるサービスを解除したら、めっきり荒らしもこなくなりました。陰でしか何も言えないんでしょうね」

ここまで典型的なネット弁慶、しかも匿名限定のオタクの話が飛び出し、思わず笑顔になってしまう。

「女性がエロを描くとどうしても男性が寄ってくるでしょうね」

「そうですね。イベントに参加時も**『どういう体位が好き?』とかしつこく訊いてくる**人が居て、困惑しているうちに売り子の男性が帰ってきたらすぐ逃げていきました」

「なんともまぁ、女性作家にセクハラする人の人物像が明確になっていく話ばかりですね」

「他に、面白エピソードはありますか？」

「**同性から嫉妬はありました**。作家だけの音声通話グループに入って、しばらく数人の女性作家同士で仲良く話していたんですけど、自分が当時19歳だって話したら、その中で30代の女性が急に怒って『最近の子は資料とかすぐ手に入るからすぐ絵がうまくなるよね』って露骨に皮肉言ってきて」

「それは、また……」

「わたしもちょっとロックな時期だったんで『昔でも資料くらいすぐ手に入りますし、絵の巧さと関係ないと思います』って言い返しちゃったんですよ。そこからすぐグループ抜けました。もちろん相手からはブロックされたんですけど、彼女は相変わらずフォロワー数百人から全く増えてません」

「いい話をありがとうございます。そろそろ時間も経ってきましたので、まとめに入りたいと思います。ずばり女性同人作家とお近づきになるにはどうすればいいでしょう？」

「自分も作家になるのが一番ですよね。相手と同じ性的嗜好とか作品が好きですって話して、そうなると相手も食いつくと思うので、そこから通話なりオフ会なりって普通の段階を踏んでいく」

「打ち上げなどで繋がる方法もありますよね」

「打ち上げってゴチャゴチャしてますし、当然有名作家も居る場所だから相手にされるのは難しいと思いますよ（笑）。他にも攻略法としては**絵をとにかく褒めまくると良いと思います**。絵を褒められて嬉しくない作家っていないでしょうし」

「なるほど。勉強になります。最後に、A美さんは今後どうしていきたいなどありますでしょうか？」

「絵なんか描かなくても良いように、ちゃんとした男性と結婚したい」

「!?」

「儲かるからやっていますけど、**ぶっちゃけ絵って苦痛なんで**。だから良い旦那さんと結婚して、イラストはあくまで趣味にしたいです。旦那にしか見せない可愛いマスコットの絵とか描いて、それをリビングとかに飾るくらいにするのが夢です」

「ものすごく現実的な夢ですね。あくまで同人誌は金儲けだとわりきっている」

「ですね。それと**まずは精神が安定すると嬉しいかな**。なので取材費いっぱいください（笑）」


ケーキを食べ終わると、嬉しそうにA美さんは喫茶店をあとにした。これからバイトがあるそうだ。いっぱい稼いでいっぱい健康で幸せになってもらいたい。どことなく薄幸であることが伝わってくる儚げな見た目と作風は好きなんですけど。

case.06

コスプレカメラマン女子・るとんさん

コスプレイヤーとカメラマンの不祥事は後を絶たない。

レイヤー界隈では毎日のように、カメコからホテルに誘われたり、恋愛関係を迫れたり、はたまた実際に恋愛になったものの破局したりなどの情報が、晒して晒されてを繰り返し続けている。

そんな中で、トップを走る有名コスプレイヤーたちやカメラマンはどうなのか。なかなか語られない業界の本音を、女性の視点で女性を撮ることでのしあがった、**元コスプレイヤー兼現役カメラマン**の羊肉るとんさんにお話を聞かせて頂きました。

「という訳でよろしくお願いします。るとんさんの年齢ってお聞きしてもよろしいですかね?」

「大丈夫ですよ、26歳です。同い年ですよね」

「そうですね。僕も26です。るとんさんは元々コスプレイヤーをしていたということですが、コスプレを始めたきっかけはなんでしょう?」

「知人にコスプレの併せに誘われたのがきっかけでした。全然知らない作品だったんですけど、原作を貸してもらったものを読んで、一度挑戦してみようと」

モデル：あまつまりな＆やなぎばころん

モデル：つんこ＆がおさま

羊肉るとん
肌色大好きな女性カメラマン。コスプレイヤー引退後に、撮る側に。通常コスROM、写真集のほか、R18な作品も多数手がける。写真はるとんさんの作品より。

「ちなみに、どの作品ですか？」

「『今日のあすかショー』です」

「おお。なつかしい……！」

「そうして初めて参加したコスプレイベントでカメラマンさんに、Ｔｗｉｔｔｅｒやってないんですか？　って訊かれて。それでＴｗｉｔｔｅｒのアカウントを作ってみたんです。イベントの時に撮った自撮り写真を載せたら、アニメの監督さんと原作者さんがリツイートしてくれたんです。それまで普通に**オタクとして生きてきて、まさか原作側の人に反応されるとは思わなかったので、すごく感動したん**ですよね」

「それはたしかにうれしい」

「それでどんどんコスプレにハマっていった感じです」

併せ……同じ作品のキャラ、関連が深いキャラなどで集まり、複数人でコスプレすること。

「どうでしたか。コスプレ始めてみるみるフォロワーが増える体験は？」

「今までそういった経験はなかったので、純粋に面白かったですね。ただ、今だとフォロワー数なんてそこまで気にしていない方ばかりですけど、昔はフォロワー数の上下を気にして人間関係が拗れたりしたようなこともありましたね」

「フォロワー数に執着があったんですね」

「私自身はそんなに気にしていませんでしたが、この子は今フォロワーが何人いるけど自分は何人だから、次のイベントでこのコスプレをして挽回しなきゃ、みたいに考えたりするレイヤーさんもいましたね」

「なるほど……」

「自分が有名になるためにフォロワー数の多い人を利用したり、**コスプレイベントのアフターでお互いのことを探り合ったり**、みたいなことはありました」

「キャバクラを想起させますね」

「かなり人間関係がギスギスしていた気がします。昔の話ですけどね」


「例えばどんなギスギスエピソードがありますか?」

「うーん、例えば、私が知り合いに紹介してもらったレイヤーさんと2人で遊んでいると、なんで紹介した自分を通さないのか、と紹介してくれた人に怒られたりとか。そういうギスギスはしょっちゅうでした」

「互いを利用と監視しあっているんですね。異性との揉め事はありましたか。男性レイヤーと付き合ったりとか」

「**付き合ってました！（笑）**」

「元気いっぱいですね」

「男性レイヤーとは一人かな。男性カメラマンとは何人か付き合っていました。一応当時は隠していたんですけどね。今でもイベントに行くと遭遇したりします」

「ちなみにカメラマンとはどういう流れで付き合っていくんですか」

「最初に付き合ったカメラマンさんとはイベントで会って仲良くなって、それから知り合いに誘われて参加した飲み会で仲良くなって……みたいな感じでした」


「なんとなく最近のカメラマンってイケメンとか清潔感ある人が増えた印象があります」

「本当にそうだと思います。それに、技術的にもカメラマンのレベルはかなり高くなってて。写真集を作っている方も増えましたし、わたしみたいにハウツー本を作ってみたり、ネットでハウツーを発信する方も増えましたね」

「なるほど。それから恋愛したり女性同士のどろどろを経て、コスプレイヤーからカメラマンになっていった訳ですかね」

「概ねそうですね。終盤はコンカフェの立ち上げに関わったりとかしたんですけど、そこでもやっぱり人間関係のトラブルがあって。それもトドメになりましたね」

「そこからカメラマンになろうと思った転機はなんだったのでしょうか？」

「コスプレを始めてから写真に興味が出てきたんです。カメラ買ってイベントに参加してみたら、撮る方も面白いということに気が付きました」

「挑戦心が凄い」

「コスプレを引退してからも友人のポートレートや宣材写真を撮ったりするうちに、折角だから撮った写真をみんなに見てもらいたいなと思って、写真を載せるだけのアカウントを作りました。最初は以前の知り合いがフォローしてくれているだけだったんですが、写真を載せているうちに**いつの間にかフォロワーが11万人**になっていた感じです」

「今や多数の美女を侍らせていますもんね」

「アイコンになっている、女の子を侍らせているネタ写真もかなりウケが良いです（笑）」

「同年代で同性がマネジメントなりしてくれる安心感ってすごく良いと思います」

「マネジメントというほどではないですけどね。フォロワーの増やし方について考えたり、仕事の案件を振ったりするくらいです」

「もう事務所ですね」

「そんな大掛かりなものではないんですけどね（笑）。おかげさまで最近は忙しいです」

「漫画雑誌の表紙のグラビアなども撮影していますよね」

「雑誌の表紙のお仕事をいただけたのも、最初はモデルさんがわたしを指名してくれたことがきっかけでした。雑誌のカメラマンさんって撮影日に初対面だったりすることが多いので緊張してしまうから、ということもありますし、男性が撮る写真と女性が撮る写真ってやっぱり違うじゃないですか。るとんさんらしい、女性受けもするような写真を撮ってほしいと言っていただいて」

「女性視点で安心して撮影できるってのは強みですよね」

「それに、一応元コスプレイヤーなので、メイクの崩れ、ウィッグや衣装の乱れまで気を回せたりするところもコスプレイヤーさんには褒めていただけますね」

「完璧じゃないですか……！　ちなみにSNSのフォロワー数の増やし方ってどういうことを行うんですか？」

「にゃるらさんにそこ話すの嫌だな（笑）。今、**単に可愛いだけの子って世の中に溢れているる**じゃないですか。スマートフォンの発達もありますけど、Ｔｗｉｔｔｅｒで見る女性みんな可愛くないですか？」

「そうですね。自撮りを投稿するだけで伸びてきたアカウントも散見されるなと」

「自撮りはコスプレと違って、見ている側はそのキャラや作品を知らなくても楽しめるんですよね。今だと自撮り垢の方が伸びやすいと思います。それかオリジナル系のコスプレ。ナースとか天使みたいに、キャラクターではないコスプレをするとか」

「なるほど。なるほど」

「今はガチガチのコスプレ写真よりは、もっとカジュアルに顔が盛れている自撮りの方が伸びたりフォロワーが増えたりしますね。衣装や写真のクオリティよりも顔の可愛さ、スタイルの良さが重要になってくるというか」

「勉強になります」

「でも、私が一番重要だと思うのは写真の載せ方だと思っているんですよね。Twitterで載せられる4枚をどう選ぶかとか、写真と一緒にどんな文章を書くか、とかです」

「文章?」

「共感を呼ぶ文章なんかは良いですね。問いかけ形式だったりとかが伸びやすいかも。**『スカートの中身、見たいですか?』みたいな**」

「裏技だ」

「**えっちな写真をただ載せているだけだと、人間性のないbotみたいな扱いをされてしまう**んですよね。ただえっちな画像を流すだけのbotみたいなアカウントだと思われてしまうとマネタイズには繋がらないから、ある程度は日常も発信した方が良いよってレイヤーさんに指摘することもありますね。あとは、レイヤーとそのフォロワーさんだけにRTされるのには限界があるので、イラストレーターさんや漫画家さんみたいな界隈外の方にも届くように工夫したり」

「ただ写真を載せるだけでもかなり考えられているんですね」

「先程から、当時は荒れていたって話がでてきましたが、逆に今は界隈は安定しているんですか？」

「そうですね。すっごく穏やかだと思います。いろんなことが一段落したっていうか。一昔前は今よりずっと、若いレイヤーさんがチヤホヤされる傾向があって。私は20歳からコスプレを始めたんですが、**当時は『20歳はもうババア』って**言われていましたね」

「そのノリ懐かしいな……たしかに今は聞かなくなりましたね」

「今現在第一線で活躍しているレイヤーさんは、20代後半～30代前半の方がすごく多いんです。その年齢までコスプレ活動を続けている方って、ある程度精神的に成熟しているんですよね。大きなトラブルを起こしたこともない、まともな人が生き残っています」

「可愛さや加工力も必要ですが、なにより社会性が重要だと」

「そうですね。**結局、社会性のあるオタクじゃないと生き残っていけない**ですね」

「本質過ぎて世知辛い！」

「もう、私の周りは少なくとも7年8年は活動しているんで、トラブルなんて滅多にないですね。面白い話ができなくてごめんなさい！」

「いえいえ。逆に皆が成熟してトラブルないって現状が興味深い話ですし、なによりリアリティがすごい」

「ちなみに、レイヤーさんと近づく方法ってなんだかんだ清潔感のあるカメラマンになるってことが近道になるんでしょうかね」

「そうかもです。若くてイケメンである必要は決してないので。逆に若い人の中には、おじさんカメコたちの中に混じる若くてカッコいいオレ！　みたいになにか勘違いしている方も多くて。そういう方はすぐLINEを訊いてきたり、遊びに誘ってきたりするので、レイヤーさんに嫌がられがちですね。**誠実で清潔感があって、ちゃんとお金を落としてくれて、なによりちゃんとオタク知識のある人**がモテますね、やっぱり。コスプレイヤーさんにモテたい人はそこを目指してほしいですね」

「無理にカッコつける必要はなく」

「**ユニクロのシャツとGパンでいいくらい**です」

「なるほど。ちなみにコスプレイヤーとのオフパコモノも増えたと思うんですけど、どれが一番リアルでしたか？」

「『コスは淫らな仮面』（すずはねすず）です」

「あー、カメラマンがレイヤーを喰っていったりする漫画や同人誌の」

「そうです。私、あの作品が大好きで。他のオフパコ系の作品ってひと昔前のコスプレイヤーを描いているなって感じなんですけど、『コスは淫らな仮面』は本当に今のコスプレ界を描いていて、かなりリアルです」

「研究してらっしゃるんですね」


「本書のテーマの一つが承認欲求でして、レイヤーと承認欲求って密接な関係にあると思うのですが、それ絡みでの話はありますか」

「さっき話したとおり、最近は作品のコスプレよりもオリジナルコスプレの方が伸びるじゃないですか。だからみんなキャラのコスプレをすることが減っていって、Ａｍａｚｏｎとか中華サイトなどで販売しているオリジナル衣装を買うので、**どうしても衣装が被ってくる**んですよ」

「ありそう」

「だからある程度Ｔｗｉｔｔｅｒを見て、お互いに誰がどの衣装を着ているのか把握していることが多いんですけど、人気なレイヤーさんの衣装やツイート内容をほぼそのまま、何度も真似しているレイヤーさんが出てきてしまって」

「それは故意ですよね」

「人気レイヤーさんの真似をしたら反応が伸びるっていうことを覚えてしまったんだと思うんですが。結局、Ｔｗｉｔｔｅｒ上で言い争いに発展してしまったりして」

「言葉にするとあっけないですが、本人たちは真剣なんですね」

「ですね」

「では、最後にこれからこうしていきたいって展望などありましたらお願いします」

「これからも百合写真をいっぱい撮りたいですね。撮っている私自身も同じ女性だからこそ撮れる、**女の子だけの空間をもっと世に出したい**です」

「力強い……！　でも、その夢もどんどん叶えられているわけですもんね。これからも貴重な三次元の百合写真の供給をお願いいたします」

「はい！　がんばります!!!」

毎日のように流れてくるコスプレイヤーたちの画像たち。その一枚一枚に撮影者とレイヤーの関係性とドラマが込められている。

chapter 2 MEMO

大きくなるほどに囲われる。

chapter

3

エロ・夜のお仕事女子

ero. yoruno
oshigoto joshi

この章は特に「承認欲求」と関係が深い。

家庭や学校の環境の問題、生まれつきの体質など、自己肯定感の低さや寂しさを異性から身体を求められることで埋める女性たち。今回、紹介するのはそんな歪んだ承認欲求に取り憑かれた6名の女性たちです。

「セックス依存なオフパコ女子」では、若くして何十人もの男性と関係を持った女の子に取材をしました。なぜ彼女がそういう人生を歩んだのかについて、根掘り葉掘り聞き出しましたので、その生い立ちを追っていきましょう。

「裏垢エロ自撮り女子」は、あまりに巨大すぎる承認欲求ゆえに、毎日自分の裸体をSNSで晒し続ける「エロ垢」の環境や本音を聞き出しました。異性からの称賛されることに人生の全てを賭けた彼女の生き様を感じてください。

「パパ活コミュ障女子」は、これまたとても若い女性です。いわゆる援助交際から名前を変えて現代に根付いた新しい概念。なぜ少女は年の離れた男性に身体を売るのかについて迫ります。

「エロ自撮り&射精管理女子」は、以前に自分が別の媒体に掲載した原稿です。射精管理というSNS経由での新たなビジネスと、彼女の業が深い性的嗜好を浴びてみましょう。

「やよいちゃん」は、この本を書くきっかけとなった女性です。薬物とセックスに塗れた彼女の半生について取材した記事が話題となり、やよいちゃんの他にもにゃるらがSNSで見つけた一風変わった生き方の女性たちを集めた本をだす企画が生まれました。

その伝説の記事も掲載した上で、あれから数年経って幸せを手にした彼女の生活についても追加取材をしております。

「メンヘル風俗女子」では、ド直球に風俗嬢にインタビューしました。が、これまた興味深い環境におかれた方でして、読み応えは抜群。なかなか聞けない風俗のあれこれを文章にしてみました。

登場人物を並べただけでも、なんと濃いことなのでしょう。どこを切り取っても濃厚な味付けの章となりました。

後は、ご自身の目で彼女たちの生き様を確かめてください。

case.07

セックス依存なオフパコ女子・ルミさん

この世には色情症……ニンフォマニアと呼ばれる概念が存在しまして、デジタル大辞泉から引用すると「《ギリシャ神話のニンフが語源》女性の異常な性欲亢進（こうしん）。異なる相手と頻繁に性行為を繰り返す。性的満足を得ることよりも、自己のアイデンティティーの確認などが目的と考えられている」とあります。

つまりは何らかの歪みにより、**承認欲求を拗らせ、性欲以上に自分が求められている快感を得るためにセックスを繰り返してしまう**女性が一定数存在している訳です。

今回、お会いしたのは正しくニンフォマニアそのものの女性。現在、19歳の専門学生ながら、経験人数は50を越えるという彼女のSNS事情と生い立ちに迫ろうと思います。

「にゃるらさん、お久しぶりです」

彼女は、いわゆる**「オタサーの姫」そのもののような格好**でやってきた。制服と見間違うようなワンピースに、黒髪ロング姫カットの赤メガネ。そして身長は栄養失調を疑うくらいに小さく痩せぎす。このような子に性を迫られた場合、オタクならイチコロなのであろう。

「お久しぶりです、あれからお元気でしたか？」

彼女とは以前に一度お会いしたことがあり、理由として彼女がインターネット有名人とオ

ロリータ系のファッションに黒髪ロング姫カットで、まさに「オタサーの姫」のような見た目。なぜオフパコするのか聞いていくと、うつ病や家庭の不和など重い事情も見えてきた。

フパコ……現実で会ってセックスをしてしまった体験を聞いて欲しいという旨の内容でした。好奇心から**モテなさをウリにしているインターネット有名人に接触を図り、それからセックスのお誘いをした**とのこと。

「元気ですよ。ただ家に引きこもりすぎて専門学校は休学してしまっているんですけど」

「それは、あまり元気ではないのでは？」

「そうかもしれません。精神的に落ち着きがもてなくなって、ずっと暴れたくなったり悲しくなったりするのが意味もなく続いて……。でも、それは昔からなんで慣れてはいるんですけど」

「立派にうつ病ですね。病院には通いましたか？」

「たまに行くの忘れてしまって……」

ここまで重い症状の子にありがちな状況へ陥っている。**精神が乱れすぎると、精神を正すための病院へもたどり着けなくなる**。

「でも、今日は比較的大丈夫ですよ。こうして、にゃるらさんにお話聞いてもらえるんですし」

そう言って彼女はやわらかい笑顔を見せた。このギャップもまた、男性の庇護欲を煽る無意識に覚えた所作なのでしょう。

「ありがとうございます。では、明るくなるような話題からはじめましょうか。その姫って感じの服装はどちらのブランド？　アマベルとかですか？」

「そうです。正しくアマベルです。よくご存知ですね」

「新宿などで購入しているんですか？」

「池袋です。専門学校がそのあたりにあって。アニメ系の専門学校でイラストやっていて、その帰りに」

「アニメ関連なら男子だらけでしょう。本当に姫になれますね」

「でも、わたしって**仲良くなり方がセックスしか思いつかない**し。セックスと現実は分けたいので、同級生とは授業中だけしか喋りません。自分で言うのもなんですけど、ビッチっぽい見た目じゃないので、実はこんなんだって認識されてないと思います」

「えらい。つまりネットでの関係の人としかセックスしてこなかったんですね」

「ありがとうございます！」

褒めてはみたものの、**姫の見た目でビッチ**という絵に描いたような存在を相手に気が呑まれ、なにが偉いのか自分でもすでにわからなくなっている。


「ありがちで申し訳ないですが、家族のことって訊いてもいいですか？」

「大丈夫ですよ。いまは母親と弟と三人で暮らしています」

「お父さんとは離婚？」

「そうですね。両親がずっと不仲で、父親と揉めるとその八つ当たりをずっとわたしにして

Chapter 3

きました」

　彼女がセックス依存症になった理由の一端が早速見えてきた気がする。

「暴力などです？」

「いえ。わたしの欠点をネチネチ言ってきたり、全部私のせいにしたりって感じで。暴言ですね。物にはよく当たってますけど」

　これまた、ありがちなパターンだ。こういう場合、大抵は男性の方は贔屓される。

「弟さんは被害にあっていたりしませんか？」

「弟はむしろ可愛がられています。普通の野球が好きな男子中学生ですよ。ちょっとオタクなところあってお姉ちゃん心配ですけど。わたしがいじめられている時にどう思っているんでしょうね」

「お母さんは普段はなにを？」

「**不倫です（笑）**」

　なかなか笑えない冗談が飛んできました。

「それは、素敵なお仕事ですね」

「中学二年生の頃に知りました。弟はまだ知らないかな。本当に男を使ってお金を稼いでいるんです。でも、それでお父さんと揉めて別れちゃって。お金も足りなくなったからわたしが高校生の頃からある程度お金を入れているんです」

「貴方の……えーっと、ハンドルネームで呼びますね。ルミちゃんの貞操観念を壊すキッカケと実家にお金を入れ始めたことは関係していますか？」

「そのタイミングで援交を始めたので、関係しているといえばしているんですけど、セックス自体はもっと前から」

お姫様の口から衝撃的な情報が次々と繰り出されていく。

「中学一年生の時に初体験をしました。ネットで知り合った方です。23才くらいの人だったかな。あんまり覚えていないです」

「なぜ、その人とセックスを？」

「**わたしを求めてくれるのが嬉しかったから**です。わたしみたいなのが必要とされているんだって思ったら、難しいことは他に考えずに。当時も自分の感覚はおかしいのかなって思っていましたけど」

「それから求められるのが嬉しくてどんどんセックスをするようになったと」

「その通りです。それからは一週間に一度はセックスしていたんじゃないかな。いまは向精神薬のおかげで多少は落ち着いたんですけど、当時は不登校で**なにかを埋めるためにネットで男と知り合ってはセックスを繰り返していました**」

性的満足を得ることよりも、自己のアイデンティティーの確認などが目的と考えられている……正しく彼女はニンフォマニアと呼ぶべきでしょう。快楽天のヒロインのような存在が眼前に実在する。

「どういうセックスが好きなんでしょうか?」

「ドMなので、**首締められたり殴られたりするのが好き**です」

母親から言葉で殴られ続けた影響なのでしょうか。

「小学生の頃に『ヱデンズボゥイ』(天王寺きつね、KADOKAWA)って漫画を読んで、それにリョナシーンがでてきたんです。それが良いなって思って。そこからめちゃくちゃにされたい願望が芽生えて」

「SMプレイにのってくれる方は多かったですか?」

「わたしが小さくておとなしめなタイプなので罪悪感与えちゃうみたいなんですけど、頼めばやってくれる人はいました。**正直、殴ったり叩かれたりしないセックスは物足りない**です(笑)」

「どのくらいの回数や人数とセックスを?」

「50は確実に越えていて100人はいかないと思います……どうだろ、いくかな? 回数はもう覚えてません。週1以上は確実にしていました。中毒ですよね」

「こういう子って、幼い頃に父親から性的に接触された経験があったりするんですけど、ルミちゃんはどうですか?」

「ありました。小学校低学年の頃からかな。寝ている時に触られたり擦り付けられたり。なんとなく性的なことされているとはわかっていたんですけど、母親には言えませんでした」

「母親も母親なら、父親もなかなかの男ですね」

「でしょ。お父さんも、どんなにわたしが母親からいじめられていても放置するんです。でも弟は普通なんですよ」

果たして、本当に弟も普通なのだろうか。

「どういう男性が好きなんですか？」

「**ちんぽが大きい人（笑）**」

「わかりやすくてなにより。外見などにこだわりはない？」

「でっかい人がいいです。あと**イケメンは無理なので、クマっぽいオタクの人**が好きです。彼氏にするのもそういう人。童貞のインターネットの有名人と会ったのも、そういう人が来るかなって期待もありました。実際はガリガリでしたけど」

「優しそうな、包容力がありそうな男性が好きなんですね。一番好きなのは首締めてくれる人ですけど（笑）」

「そうなんだと思います」

姫のような見た目で童貞狩り。いよいよエロ漫画のキャラクターの域です。

「セックス依存症は治せるなら治したいですか?」

「それこそ、本当に治せるなら。でも、成人するまでは無理ですね。いま19なので実家を出れなくて。母親にお金入れないといけないから、そのために**援交は続けないといけないし**」

「セックス依存症で困ることってあるんですか?」

「**まともな恋愛できないですよね**。元カレとかもかなり好きだったんですけど。付き合っている間にも何度も浮気しちゃったし。気持ちは離れなかったんですけどね。元カレが好きなのとは別にセックスはたくさんしたいし」

「元カレにメンヘラやっちゃいましたか?」

「たくさんしました。浮気するぞって試し行動を何度もしたし。喧嘩中にオフパコしたのが決定打でしたけどねー」

愛情とはべつに承認欲求としてのセックスが必要な人生。

「なるほど。ちなみにルミちゃんのような女性とネットで知り合うにはどうすればいいのでしょう?」

「やっぱりネットですよね。それこそSNS。さっきも話しましたけど、わたし**リアルで繋がった人とセックスしたことない**ですし、ビッチだとも思われていないので」

「では、SNSとは具体的にはどうやって」

「もちろんＴｗｉｔｔｅｒもですけどね。他にはＬｏｂｉってチャットツールのようなアプリで出会うことも多いです。Ｌｏｂｉで同じゲームの趣味がある人と知り合って通話。チャットが主なのでＴｗｉｔｔｅｒよりも通話までの流れが楽なんですよ」

「例えば通話までたどり着けたら、それ以降はどういう流れでセックスになるのでしょうか」

「セックスに興味あるだろうなーって雰囲気わかるんです。もちろん、こちらがある程度オーラは出すんですけど、それにちゃんと引っかかる……性的な話題に恥ずかしがらず乗っかって話してくれることが大事かなって」

見えたオーラを手繰り寄せる……まるでハンターハンターの読み合いを彷彿させます。

「Ｔｗｉｔｔｅｒでも通話でも、ある程度仲良くなったら『遊ぼう』って気軽に誘ってみてください。そこから**わたしみたいな子って、ぜったいセックスの雰囲気出してくるから**。チャットアプリなら特にわかりやすいかな」

「勉強になります。ちなみに最後にお伺いしたいのですが、ルミちゃんのこれからの人生について、将来の夢や展望ってありますでしょうか？」

「とにかく家を離れて一人暮らし。はやく母親の元から離れることが目標です。それからは自由に好きな人生歩めたらなって思います。**おそらくずっとセックスは続けていく**んでしょうけど」

「セックスが好きならセックスをしていくのも良いことだと思います。悪い男に利用されないようにほどほどに」

「ありがとうございます。なんだかお父さんみたいんですね。今日はありがとうございました」

「こちらこそ、ありがとうございました」

ルミちゃんはオタサー然としたスカートを翻し、秋葉原を去っていった。もしかすると、これからまた別の男性とセックスをするのかも知れない。とにかく彼女が少しでも幸せになれるよう陰ながら祈るばかりです。

case.08

裏垢エロ自撮り女子・Hさん

SNSを利用しているならば、一度は「裏垢」なる存在を目にしたことはあるのではないでしょうか。今では裏垢の意味も拡大し、表のアカウントでは言えない愚痴などを投稿するアカウントも裏垢と呼ばれることも珍しくないが、元は性的な自撮りなどをあげて異性のフォロワーを集める、またはアプローチするアカウントが裏垢と呼ばれておりました。

今回、僕がお声掛けさせて頂いたのは、清く正しく、**天地がひっくり返ろうとも本名では活動できないようなセクシーな自撮りを投稿している裏垢女子**。開設数ヶ月ですでにフォロワーは1万に届く勢いであり、どのツイートにも多数の男性によるリプライが送られている。

そんな彼女が普段はどのように生活し、なにを考え、そして彼女のような裏垢女子にお近づきになるにはどうすればいいのかを、インタビューで丸裸にしていくことに成功しました。といっても本人のアカウントは元から丸裸な写真ばかりなんですけどね。

秋葉原の喫茶店にて待機していると、彼女はシースルーの上着と短いスカートという扇情的な格好で現れた。

「リアルでは、はじめまして。Hと申します」

SNS上では何度かやり取りをしていたのですが、リアルで会うのはこれが初めて。アカ

エロ自撮り、裏垢というとほの暗いものをイメージするかもしれない。しかし話を聞いていくと驚くほどポジティブで、承認欲求を満たすために努力する姿が浮かび上がってきた。

ウントを通して、裸を知っている相手と面を向かうのは若干照れてしまう。

「いつも自撮り拝見しています。逆に私服は初めて見ました」

「そうなんですよ。**エロ自撮り用の衣装はいっぱいあるのに、私服は数着しかない**んで毎回困ってます。普段はラフな格好でコンビニ行くくらいしか外でないので。ほら、カメラロールも私服の写真が全然ないんです」

彼女が見せてくれるスマホの画面には、全体的に肌色が映し出されており、目のやり場に困ってしまう。

「クローゼットがエロい服に侵略されてるんで、少なくともここ二年は私服買ってないんですよ」

エロ自撮りをSNSに掲載することが全ての中心になっているせいで、生活が疎かになるほどの裏垢女子……とても興味深く本書向きの人材。

「AVのような質問になってしまいますが、現在おいくつでしょうか？」

「19です！」

未成年が夜な夜な自分の裸体を全世界に向けて発信している、これは大変なことです。

「エロ自撮りを始めたのはいつ頃から？」

「16〜17。Twitterでエロ自撮り載せてみようって思い立って」

「普通に生きていたら16～17歳がエロ自撮り載せよう！　とは思い立たないですけどね。なぜ急にそんなことを？」

「**元は援交のためにTwitter始めたんです**。援交が目当てでエロ自撮りはオマケのつもりでした」

「なるほど。早い時点で貞操観念はおかしくなっていたんですね？」

「そうです。中学の時点で性はめっちゃ乱れていて（笑）」

とんでもない話題を一笑して話す姿から、後ろめたさが全く感じられず、心の底からただセックスが好きであることが伝わってくる。

「初めての相手はいとこのお兄ちゃんなんです」

「おお。親戚が相手ですか……」

「わたしが中学2年で相手が25歳でした。それから貞操観念は歪んでいきましたね」

「嫌な歪みかたでなく、楽しそうに歪んでいったように見受けられますが」

「その通りです。それからクラスメイトを誘ったりとかして（笑）」

エロ漫画業界でいうところのメスガキである。

「それから、**えっちなことってお金もらえるんだって**気づいて援交を。ビビりながら慎重にやっていたので、警察とかのお世話になることもありませんでした。特定の太い客の相手をするって感じです」

「パパ活にしろ援交にしろ、太客を掴まえて、一部だけと関係するというのが一番いい方法なんですね」

「だと思います。2万円でやっていました。今思うと安いんですけど、当時の自分にとっては大金で。何時間やっても2万円」

未成年と2万円ぽっきりで遊び放題なのだから、風俗でなく援助交際に夢中になる大人も跡を絶たない訳だ。

「家庭教師のバイトもしていたんですけど、それと比べたら何倍も儲かるので」

「えっちなお姉さんの家庭教師って実在したんだ（笑）」

「えっちな家庭教師だと夢が広がりますけどね。実際は、同性相手です」

このままだと援助交際の子へのインタビューになってしまうので、閑話休題で話題を戻していきましょう。

「**援助交際相手の募集ついでにエロ自撮りを載せていった**んです。他にも同じようにエロ自撮りあげてお金集めていたアカウントもありましたけど、わたしはそれは無理。ネットで派手にお金儲けするのに走るのは絶対できません」

この慎重さと謙虚さのおかげで今でも無事、生活を送れているのだろう。

「そうしているうちに、いつしかエロ自撮りが中心になってしまったと」

「そうなんです！」

急に声のトーンが跳ね上がる。エロ自撮りの話ができることを大変喜んでいるようだ。根っからの淫乱女性。話を掘り下げていくほど、男性の妄想が飛び出したかのような錯覚に襲われます。

「それは承認欲求などからですか？」

「そうですね！」

自分の行動原理が承認欲求であることを、ここまで包み隠さず話してくれる子も珍しい。この底抜けに朗らかで率直なところは、さぞかし男性受けが良いことでしょう。

「**たくさんの人が自分を見てくれているっていう承認は大きい**です。それに自撮りっていくらでも自分を可愛くできるじゃないですか。年齢もあわせて最高の自分を不特定多数にさらけ出して、相手がそれで興奮してくれているとわかるのがとても嬉しいんです」

「相手が興奮していることで自分も興奮できるんですね」

「はい！　**自分のエロ自撮りへの感想リプライとかで余裕でオナニーできますね**。これはちょっと恥ずかしいですけど（笑）。でも、そういうことをよくしています」

「エロ自撮りを積極的にしている子たちは、底なしの承認欲求の沼にハマっているという見方もできますね」

「お金のためにイヤイヤやっている子もいますよ。そういう子は見たらすぐわかります。全

Chapter 3

然楽しくなさそうなんです。あとあんまりフォロワーとかも増えないし」

　エロ自撮り界隈で売れる秘訣はなによりも楽しむこと……ありきたりな綺麗事の精神論ではありますが、その精神がエロ自撮り業界の道にも通じているのは面白い。

「では、エロ自撮りを楽しむための醍醐味とはなんでしょうか？」

「やっぱり、見てもらえることだと思います。**沢山の人が自分を求めてくれることに応えていく**うちに、エロ自撮りアカウントも成長していくと思うので」

　スポーツ漫画のような熱いセリフが次々飛び出してくる。エロ自撮りも一種のスポーツ競技なのかも知れません。


「**エロの力ってすごいんで、普通の自撮りじゃ考えきれないくらい伸びる**んですよ。自撮りと違って、布面積を減らすとか道具を使ってみるとか正解もわかりやすいし。そうやって数字の波に乗っていくことが重要ですよね。ネット有名人のにゃるらさんなら、なんとなくは伝わると思いますけど」

「一見、意味のわからない業界でも確かな正解があって、それを掴まえたり敢えて外したりで波に乗るという部分は、たしかにエロ自撮りアカウントもインターネット有名人も同様ではありますね」

「でしょ！　あっ、醍醐味というかモチベーションの一つですけど、一般人の時は間違っても手が届かない雲の上の人たちから反応あるってのもあるんですよ」

「雲の上の人たち？」

「**好きだったイラストレーターとかエロ漫画家とか**です。こんな人生なのとオタクなので、えっちな絵を描ける人が大好きなんですけど、その人からいいねとかRTされたり、たまにフォローまで頂くことがあるんですよ！」

「その状態でDMとか送れば簡単にセックスに持ち込めそうだ……」

「ですね。だから**有名絵師たちってファンの女の子喰うのも本当に簡単だと思います**。そこはバンドマンとかと同じですけど。オタク界のバンドマンかな」

「童貞を失ったせいで、妄想力が減ってイマイチなエロしか描けなくなる人もいるから、Hさんも絵師喰いはお手柔らかにね」

実際に童貞を卒業してから妙に調子に乗ったり、変にエロにリアリティが組み込まれるせいで微妙になったと叩かれてしまう絵師もいる。真にエロイラストに求められているものは、童貞が描く無限の想像力なのかも知れません。

「たまに、エロ自撮りアカウントとかコスプレイヤーとエロ絵師がリプライし合ってたりするじゃないですか。ああいうの憧れです。わたしも好きな作家のところでコスプレ売り子とかやりたい（笑）。結局、絵師とか好きな人に見てもらう、反応をもらえるっていうのが一番喜ばしいですね」

「いい話です。ちなみにエロ垢を続けていると厄介なファンなどに絡まれませんか？」

「基本的にわたしは会えるタイプじゃないので全然です。自撮りも基本的には自室かホテルなので特定もされませんし」

「ホテルでっていうことは彼氏さんがいるのですか？」

「ずっと居ます。あっ、同じ人ではないですけど。でも**わたしって彼氏と長続きするタイプなんですよ**。すごいでしょ」

自分の恋愛歴を語る彼女の横顔は、歳相応に女の子している。

「もちろん、**彼氏にはエロ自撮りのことも教えています**。だから行為後に撮影したりとかも。いい自撮りできたら彼氏にＬＩＮＥで送りまくってる」

「いい彼女じゃないですか」

「でしょ（笑）」

二人の笑い声が喫茶店内に木霊する。他の客たちも会話の中身がこんなに下品だとは想像もしていないだろう。

「アンチとは違いますけど、裏垢女子を掲載する**匿名掲示板に晒されることはあります**。その時はフォロワーが一気に増えるのですぐわかる」

「それはアンチなんですか？」

「ブスとかキモいとか言われたりもしますよ。でも、それ以上にえっちな男性たちがフォローしてくるので**結果的には宣伝になっているんですけど**」

「それで直接的に困ることはない？」

「そうですね。エロ垢のアンチって本当にお子ちゃまなんですよ。例えばわたしの水着の自撮りの明度を変えて『乳首見えた！』ってやったり。いや、他のエロ自撮りで何度も乳首見せてるのに」

「平和でなにより」

なんだかんだで話し込んでしまったので、ここらで取材もまとめに入っていきましょう。


「エロ自撮り女子になって、面白かったり新しい発見があったりします？」

「**女性ファンが多くて強いことにビックリ**しました。女の子のファンから応援のメッセージもらったり、プレゼントあげたいって言われたり。Hさんに会いたい！っていう出会い厨の女の子も居ました（笑）」

「女性の方が行動力もあって積極的ですからね。きっとHさんのセクシーなカッコよさが同性として憧れなんでしょう」

「男性に見せつけているつもりだったので恥ずかしいです（笑）」

そう言うと、Hさんは自撮りで作られた笑いとも違った柔和な表情を見せる。

「エロ自撮りを続けて困ったことはありますか？」

「もうバリエーションがなくなってきたことに困ってます。だいたい同じ構図なことに気づいてマンネリ。わたしが頑張ってえっちなシチュエーションを見つけたら、そのぶん絶対に反響もあるし、わたしもファンも嬉しくて幸せ空間になる。がんばらなきゃ」

このひたむきさが、群雄割拠のエロ自撮り垢界隈でも彼女が頭角を現している勝因であることがわかってきます。

「エロ自撮り垢の子とお近づきになるにはどうすればいいでしょうか？」

「**お金です。本当にそれだけ**。容姿とか態度とかじゃなくて金銭で勝負しましょう！　いっぱいエロ衣装買ってあげたりしてください（笑）」

「やっぱり現金が全てですよね……。最後に、Hさんの今後の目標や夢を聞かせてください」

「もっと沢山の方に見てもらいたいので、**もっともっとえっちになりたいです**。ただエロをひたすら追求していきます。ネットって、すぐ退散できるじゃないですか。いつかわたしも**何かやらかして消える時が来ると思う**んです。その時が来るまで必死にエロを追い続けていけたらな、と。そう考えています」

方向性がアダルトなだけで、彼女はとてつもない努力家なのだ。現にインタビュー中の彼女の表情は常に自信満々で、エロに対してのプライドが感じられる。せっかく、エロ漫画から飛び出したような女性が実在したことですし、これからもエロを追い続けて、誰も到達することがなかった境地に達して欲しいものです。

case.09

パパ活コミュ障JK・コトミさん

パパ活女子……ぱっと字面だけ見るとオシャレささえ感じますが、**要は援助交際の派生**。一緒に食事やデートをするだけで多額を払う金持ちの「パパ」からお金をもらうための活動を指します。

今回、取材させて頂いたのは、なんと現役の女子高生。さらに彼女は食事やデートのみならず、身体を売って金銭を得てるという。

元は自分のフォロワーで、何度か彼女の人生相談にのったことがあります。コミュニケーションが上手にできず、友達がいない。どうやらわたしは可愛いらしく、インターネットで出会う男性はすぐ恋愛的な目線で自分を見てしまう。

そんな彼女の主な収入先がパパ活。大人しく可愛らしい彼女が、なぜパパ活に手を染めてしまったのか、根掘り葉掘り聞き出していきましょう。

喫茶店に現れたのは、パーカー姿の小柄な女の子。「かわいいとよく言われるんです」と自ら言うだけはあり、容姿も格好も洒落ていて今どき。パパ活費用をオシャレに回しているのでしょうか。

「はじめまして。こんな本を書いていますが、女子高生と真正面から向き合うのは緊張しま

パパ活や援助交際で自分の容姿や性をお金に換える女子高生。しかし処女だけは守っているという。その歪んだセックス観の裏には、家庭の問題やコミュ障からくる孤独がある。

す。それこそ、僕がパパ活していると思われそうだ」

「……大丈夫ですよ。パパってもっとわかりやす……く金持った小太りの人だらけだから……」

席に座った彼女は、どうにか会話の受け答えはできるが、明らかにこちらと目を合わせず、返答のテンポも遅め。

「極度のコミュ障なんです、わたし……。**学校では友達って一人二人しかいないし……。会話とか、すごい苦手で……**」

彼女のコミュ障は安っぽい自虐でなく、心の底から悩んでいるよう見受けられる。しかし、パパ活で得たお金のおかげか容姿はとても良い。見た目だけで言えばクラス内カースト上位と並んでも遜色ないでしょう。なんというか、アンバランスな少女なのだ。

「パパ活のこと以外に、まず普段の学校生活が気になりました。あっ、あとなんとお呼びすればいいでしょう？」

「コトミと呼んでください……。学校生活、ですか。さっき言った通り、友達は全然いません。普段は教室で一人です……」

「そんなに可愛いんですから、気にかけて話しかける人はいるんじゃないですか？」

「最初は男子も話しかけてくる人がいました。でも……わたしが**本物のコミュ障だってわか**

ったら、すぐ離れていきました……」

「じゃあ、コトミさんがパパ活していることは誰も知らない？」

「はい。想像もしてないんじゃないでしょうか……」

クラス一大人しい少女が、裏ではパパ活をして大人の男と関係している……。本書で取材した対象はだいたい漫画のような人物でしたが、例に漏れずコトミさんも漫画かと思うほど典型的。それもエロ漫画寄りですが。

「そんな大人しいコトミさんがパパ活に手を出したきっかけはなんだったのしょうか？」

「高校一年生の時、つまり去年ですが……。**お金がほしいけどバイトは怖くて……。Twitterでパパ活垢っていうの作って**みて、すぐ色んな人からDMがきて、その中のひとりと会いました……。なにもわからいままその人の家へ行って、なにもされず会話だけして帰りました。お金ももらっていません。たぶんわたしがコミュ障すぎて、呆れてたのかも……」

「なにはともあれ、最初の人はそこまで悪人ではなかったんですね。まぁ初対面の女子高生を家に連れ込む時点で危ないですけど」

「いろんなこと教えてもらいました。サイバーポリスっていう……パパ活などを取り締まる警察がいて、下手に目立つと補導されるとか……。それで怖くてしばらく止めたんですけど、結局また募集しちゃいました」

「それは、お金だけが目的で？」

「……いえ。恐らく聞いていてわかったいるとおもいますが……寂しかったのもあります。**DMの通知が止まらなくて、わたしが初めて人から相手にされたんだって、**嬉しかった」

誰かに必要とされる、見てもらえる、それは思春期の少女にとって何より重要なことでしょう。それが例え歪んだ方法であったとしても。


「二人目の人はどんな方だったんですか？」

「19歳の大学生でした。こんな若い人が女性を買うんだってびっくりしました……。相場はよくわかってなかったんで……とりあえず、その人に**言われるまま3500円で手コキ**をしました。漫画喫茶で、です」

「あなたの若さと貞操観念が3500円ぽっちで買われてはいけない」

「あんまり貞操観念とかがどうとは思いませんでした。むしろ、**清潔感さえあれば誰とでもやれるな、って思いました**……。手コキとフェラだけ、ですけど……」

「それ以上は？」

「まったく。**処女です、一応……**」

『一応』とボソリと付け加えた、彼女の伏し目がちの表情が悲しい。

「そこからも何人か会って……だいたい手と口です。5人目くらいの人は池袋のホテルでフェラを一時間８０００円で……。しばらくはずっとその人に……」

「今もつながっているんですか？」

「いえ……。テスト期間中は会わないようにしてたら、そのあいだに冷静になったのか……もう会わないって言われました」

間があくとパパも冷静になるらしい。それか、その間に別の少女のパパになったのかも知れません。

「では、今は別に人に？」

「いえ。いまはとりあえずは誰もいません……またやるかも知れませんが」

「その時は処女を失う覚悟もあるんですか？」

「それだけは守り通します……。痛そうだなってのがすごくあって……」

「賢明です」

処女だけは守り通す。彼女なりの最後の一線のように感じる。だんだんと彼女の倫理観に興味がでてきました。

「パパ活自体をどう思っていますか？」

「お小遣い稼ぎです……今は年齢のせいでできないけど、**大学生になったら風俗店で働く**だけだろうし……」

「罪悪感とかはないですか？」

「それは……ないです。**罪悪感はない。けど、楽しくもないです……**」

「楽しかったことは何一つないですか？」

「34歳の、まんま見た目がオタクの人とパパ活で仲良くなって……その方にご飯おごってもらったりとか、オタクイベントに一緒に行ったりとかは、楽しかったです。遊んだ後はお金くれるし……」

「その人とは性的なことはしていないんですか？」

「いえ、口でしています。青春コンプレックスらしくて……一緒にあそんでいると、学生時代に彼女とやりたかったなってよく言います……。**なにかの社長らしい**。よく知らない……」

社会的な立場や年収で成功したとしても、青春時代に覚えたコンプレックスは埋められなかったのでしょう。悲しい話です。

「でも、途中で恋人にならないかって言われたので、それから会っていません……ネットで会った普通の人も、**遊んでるうちに告白してくる**ので、どんどん会わなくなったりする……」

「パパとは付き合うつもりはない？」

「まさか……。遊んで楽しい気持ちはありますけど、それはお金ももらえるからで、もらえないなら別に遊びたくも……」

いつの間にかパパが勘違いして、交際を申し込んでくるケースは他の場所でもよく耳にします。なんて可愛そうな思い上がりなのでしょう。

「逆に悲しかったことは？」

「お金もらったと思ったのに、よく見たら**封筒の中身は白紙だったこととか……**。先に写真見せてくださいってDMでおくったら、暴言吐かれたりとか……」

身体を売ること自体への悩みや葛藤はない様子。可愛い顔して肝が太い。

「なんとなくですが、親御さんとは上手くいってなさそうだと感じました。違いますか？」

「その通りです……。母親はいま40過ぎなんですけど、夜な夜なライブチャットで裸を配信したりしてお金を得ているんです」

これはまた、とんでもない方向へ話が飛んでいった。

「**娘が言うのもなんですけど、母はいわゆるビッチです**。いろんな男を連れ込んだり。おばあちゃんと母とわたしと妹で暮らしているんですけど、おばあちゃんにはバレてなくても、わたしと妹には配信中の声でわかります……」

自分の母親が夜な夜な不特定多数の人間に向けて裸を晒している……。思春期の女子からすればトラウマになってもおかしくはない。

「ちゃんと生活はできているんですか？」

「ライブ配信している以外は、普通の親だと思います……。家事とかご飯とかで不満はありません……。けど、ビックリするくらい過保護でこわいです。1時間くらい外出していると、今どこってLINEですぐ確認してくる……」

「それでよくパパ活がバレずに済んでいますね」

「薄々気づいているのかも……。結局LINE返すの遅れちゃうときとかあるし……。母親から借金しているんですけど、それを返済できるアテが無いのにちゃんと返しているの辻つまが合わないし……」

「母親から借金？」

「お洋服とか脱毛器とか……ほしくて。スマホも新しいやつにしてもらったし」

アルバイトもしていない高校生の娘が、毎月数万円の借金を返していることに怪しまない親。どう考えても逆に怪しい。

「この親にしてこの子ありって感じなんでしょうか……。結局わたしも母と同じようなことでお金もらっています」

「それに対して嫌悪感はありますか？」

「少しはありますけど……**それ以上にお金は欲しいし……そもそも社会に出たくない**ので、これでいいかなって」

コミュニケーションへの不安から、一般的な社会を恐れるようになってしまったコトミち

ゃん。若さと身体を目当てにしたパパではなく、同年代の優しい友達が一人でも周りにいて
あげたら、彼女の人生は変わっていたのかも知れない。
「今は何を楽しみにしていますか？」
「そうですね……ゲーム好きです。Ｓｗｉｔｃｈのゲームをよくやります……それを通じて
ネットで数名話し相手がいます」
「それは素晴らしい」
「後はふつうにオタクなので……アニメとかイベントとかも楽しみです」
「Ｔｗｉｔｔｅｒは同じゲームやアニメの趣味をしている仲間とつながるために使っている
んですね。健全だ」
「ですね。でも、**オフ会しちゃったら絶対こじれる**から……もう、それは避けています……。
あとパパ活用のアカウントはありますけど……」
「変な話ですが、パパとして近づこうとする人はたくさん居たわけじゃないですか。その中
でコトミさんに気に入られる方法って主になにが決め手なんでしょうか？」
「清潔感は第一条件かも……汚くなかったら、オタクっぽくても別に……。あとは、わたし
がコミュ障なこと理解してくれる、陰キャっぽい仲間だと嬉しい……です」
　オタクのパパと行ったコミケやコミティアはとても楽しかったらしい。いつか真っ当なオ
タク友達ができて、金銭でなく友情で楽しんでもらえると良いが。

「あっ、母親からＬＩＮＥが……。ネットの人に会ってくるって伝えたから、心配しているのかも……」

「直ぐに返信してあげてください。そうですね、では最後にコトミさんの今後の夢や希望を訊いてもいいですか？」

「とりあえず、大学生になったら大学生活を充実させたい……です。でも、**どうせ身体売るのは止められない**から……上手く並行させたい。あとライブとかお洋服のために貯金をしたい、です……」

最後まで、身体売ることに抵抗がないのは一貫していたコトミさん。元がかわいい上にファッションセンスもあるのだから、大学生で垢抜けて一気に生活が充実する可能性は十分にあり得る。

「幸せになれるといいですね」

「はい……。なりたいです。今日は話を聞いてくださってありがとうございました……母親にも今から帰るって返信しておきました……」

チラッと見えた画面に映る、**彼女の母親からの連絡の量は異常だった**。

「にゃるらさん、また話してくれますか？」

「もちろん。でも、次はコトミさんが大学生になってからにしましょう」

「ありがとうございます」

お礼を述べた時、初めて彼女と目があった。大きな瞳をしている。いつか彼女が、その瞳で正面から母親と向かい合える日が来ることを願います。

case.10

エロ自撮り&射精管理女子・Rさん

今回は、Ｔｗｉｔｔｅｒで見つけた**「エロ自撮りを貼り続けてマネタイズしソシャゲに廃課金する裏垢女子」**。こちらはこの本の企画が持ち上がる前、２０１９年に雑誌で公開したインタビューをもとにしています。他とはちょっとノリが違い、出てくるソシャゲがグラブルとプリコネなのも、時代を反映していると言えるかもですね。


「よろしくお願いします。早速ですが、Ｔｗｉｔｔｅｒではどのような活動を」

「主に裏垢にエロ自撮りを載せてます。そこで『無修正はＤＭで』って誘導して、釣れたおっさんたちにアマゾンギフト券やｉＴｕｎｅｓカードをもらって代わりに自撮りをあげる……というサイクルを」

「なんでそんな悲しい人生を」

「私の人生を悲観するの早くないですか？　まあ実際、自分でも本当にバカやっているなとは思います。でも、ぶっちゃけ損ってないじゃないですか。顔だしている訳じゃないし」

「お金の使いみちはスマホゲームですか」

「グラブルとプリコネ。知ってる**可愛いキャラが居る有名なやつ**を」

「なるほど」

ごく普通に働いて生活しながら、Twitterの裏垢を通じてエロ自撮りを販売。エロに群がるおっさんから得たお金をソシャゲのガチャに費やすというサイクルだそうな。

「ある意味、エロ自撮りを送るのもガチャですよね。ちょうどアマゾンギフト券が3000円くらいだし。おっさんはわたしのエロ自撮りガチャを回してる。わたしはそのお金でソシャゲのガチャを回す」

「**おっさんの裏垢への性欲がサイゲームスを支えている**。ヤバイですね」

「ヤバイわよ」

「エロ自撮りだけで生計を？」

「いや、昼は普通に働いてますよ。職種を言う必要もないほど普通の職業です。どっちが儲かるかって言われると半々かな。あとは**裏垢で射精管理的なこともやっています**。おっさんに『今日はオナニーしちゃダメだぞ〜』的なこと送って、たまに『ぴゅっぴゅしていいですよ〜』ってエロ自撮り付きで送って月2万とか」

「この世界で最も悲しいお仕事ですね。プロの射精管理士。でも雑誌の原稿料より儲かってますよ。僕も悲しくなってきた。原稿料10倍にして欲しい」

「じゃあ、ここの食事代だしますよ」

おっさんの射精を管理したお金で僕の食欲が満たされてしまった。

「ていうか今話したわたしのやっていることって、ぶっちゃけ男でもできるじゃないですか。インスタから適当な外人のエロ自撮り引っ張って、まるでそれが自分かのようにID貼って流せばいいんですよ。わたしは自分ですけど、**8割以上は偽物じゃないかな**。射精管理垢すら男がやってることとありますよ」

「実際のところ、それでお金もらうのは面倒くささと抵抗ありますね。アナタは偉い」

「偉いでしょ。おっさんたちの夢を壊さないように顔面は絶対に映さないようにしてるんです。**顔さえ映さず肌は加工したら永久にわたしは美少女**なので」

「そのまま夢を見させてあげてください」

「写真は結構、彼氏とラブホ行ったときについでに撮影したやつとかあります。サブカル女がラブホでちょっとえっちな自撮り貼る文化あるでしょ？　あれ全部セックスのついで」

「彼氏とのセックスが経済を成り立たせている」

「セフレのときもあります。**セフレなります？**」

「シンプルな疑問なんですけど、彼氏は裏垢の活動いやがらないんですか」

「それでお金もらってるなら良いって感じで。てか、ぶっちゃけ彼氏も裏垢の活動から見つけた人で。男も裏垢的なものがあって、自分の全裸丸出しでセフレ募集しているやつ。片っ端から裏垢女に出会いを求めるDMするの」

「僕らが普段アニメの実況や漫画の感想をTwitterでやっている裏で、そんなやり取りが行われているとは……。愛はあるんですか」

「愛って難しいですよね。お互い好きではあると思うけど、当然出自が出自だから別の人ともセックスするし。それこそわたしはソシャゲ垢で出会った人とやることもある。何度かそれで**サークルクラッシャーみたいになったこともある**」

「オタクの集まりで、急に射精管理のプロ女が出てきたらみんな取り合うでしょうね」

「話が合う分、オタクの方が好きだったり。あんまり顔とかじゃないかな」

「でも、グラブルのイケメンキャラが好きなんでしょ」

「そりゃ**彼氏よりランスロットの方がカッコいいでしょ**」

「Rさんよりルナールの方がかわいらしいですしね。実際、いくらくらい儲かるんですか」

「さっき言ったように、アマゾンギフト券とかエロ自撮り1枚につき3000円くらいかな。エロさにもよるから、がっつり女性器映ってたり、指定のポーズしたりとかで更にお金とるけど。運が良ければ1日2~3万越えたりする。射精管理も人によりけりだけど、月2万とかで契約かな」

「十分ビジネスですね」

「これが運営しているのもおっさんの場合あるから狂ってると思う。明らかに画像によって別人になっている裏垢でも平気でおっさんが群がっているもん。**JK以下の年齢自称していたらほぼ偽物だよ。たまに本物が居るから困る**けど」

「お金が欲しいんじゃなくて、構ってほしくてエロ自撮りしているJK以下の子って居ますよね。エロ漫画かよって思うけど、居る」

「居るね。そういう子って、人とつながりたいからソシャゲやってる場合多いよ。若い子はラブライブ！　とかバンドリ、一番多いのはデレステかなぁ。推しをアイコンにしてたりして新鮮。なんというか若さだなって」

学生のエロ自撮りを勝手に纏めて転載して稼いでいる業者もわんさかいる。この世界は混沌としてますよ。ぶっちゃけどうでもいいですが。

「裏垢ビジネスで面白かった体験とかあります？」

「やっぱり、**好きだったエロ漫画家さんからDMで絡まれた時ですかね**。わたし裏垢の方でも結構好きな作家さんの話するんで、反応してくれた本人がDMしてきて。『自分の作品を好きでいてくれてありがとう！』みたいな、白々しい感じで」

「そこからワンチャン狙ってくる」

「そうです。まぁ、**作家さんにタダでエロ自撮り送るくらいはいい**んだけど。好きな相手だし。出会ってこようとする人も居て、それは困る。お互い幻滅するだけだし」

という訳で「エロ自撮りを貼り続けてマネタイズしソシャゲに廃課金する裏垢女子」でした。聞いての通り運営しているのはおっさんの可能性が高いので、エロ自撮りを裏垢から買おうとする行為は止めましょう！　にゃるらとの約束です。

case.11

風俗大好きお姉さん・やよいちゃん

「風俗大好きお姉さん」ことやよいちゃんのインタビューは、ブログで公開した際に大きな反響がありました。**この本を出すきっかけになった女性**とも言えるでしょう。そこで今回は、Web記事をベースに、「その後のやよいちゃん」の遠隔インタビューを加えて掲載することに。中学生時代からヤク中でお水経験もあった彼女の理念や人生をどうぞ。

彼女の特筆すべき点として、中学時代から勤務していたという事もありますが、心の底から風俗での仕事が大好きでどんなお客さんも等しく愛している部分で、裏で生きる人達特有の陰気さが感じられないことでしょう。

すっかり日も沈んだ秋葉原、観光客とオタクに溢れた街も静まり返り、薄暗いジャンク通りには死んだ目をしたメイドが機械的に並んでビラと申し訳程度の愛嬌を配っている中、彼女を連れてルノアールへ。周囲はオフ会らしきオタクに囲まれており、彼らがスタッフでもないのに大真面目にリリスパの反省会を行っているのを尻目に、場違いな2人で早速打ち合わせを始めます。

慣れた手付きでメビウスを吸い始める嬢。Twitterでの名前は「やよい」で、高槻やよいから取った源氏名だそう。**やよいがタバコを吸うのか……**と思いつつ、小学生時代か

中学時代からクスリと風俗をやっていたという、風俗大好きお姉さん・やよいちゃん。しかしその想いを聞いていくと、とことん男性や風俗が好きというポジティブなものだった。

ら愛用しているというポーチの可愛らしさは確かに女の子らしい。そのアンバランスさで数多くの客を魅了してきたのでしょう。


「にゃるらさんって、タバコは吸わないんですか？」

「一度も吸ったことないです。お母さんにタバコは吸うなって言い聞かされてきたので」

「でも、合法ハーブとかはやってたんですよね」

「合法ハーブも吸うなとは言われてなかったので……」

「当時、簡単に手に入ったでしょ、ハーブ。**わたしも中学時代によく教室で吸ってました**」

「さっそく強キャラエピソードだ」

「川崎育ちで周囲の環境が劣悪だったんで。沖縄生まれのにゃるらさんなら分かると思いますけど」

「僕のところもヤク中のヤンキーは居ました。流石に教室で堂々はいなかったんで、川崎はやっぱり違う。去年あたりにでた磯辺さんの『ルポ川崎』（磯部涼、サイゾー）読みましたが、あそこの荒れ様は他と一線を画しますね」

「こんな本があるんですね」

「因みに『裸足で逃げる』（上間陽子、太田出版）っていう、沖縄の風俗嬢インタビュー集もあったりします。実は百合展開があったり。やよいさんならきっと気にいると思いますので、機会があれば是非」

「やっぱり、お水系の話ってウケるんですね」

「やよいさんの生い立ちもかなり特殊ですよ。さっきも一緒に歩いていて、秋葉原でJKリフレやってたって言ってたじゃないですか」

「高校生の頃にJKリフレ……というか、当時は『JKおさんぽ』ですね。男性とお散歩するお仕事で、**警察官とかもお得意様だったんです**。とつぜん警察官が『明日、摘発あるから逃げとけ』って教えてくれた時があって、本当に次の日に摘発があったり。あの人のおかげで助かりました（笑）」

「公務員のお客さんが多いってのはどこでも聞く話ですね。普通のメイドはやらなかったんですか？」

「少しだけ。でも肌に合わずすぐ辞めました。スナックとかガールズバーもそうなんですけど、接客メインって若いとか可愛いだけでも駄目で、どういう風にお客を楽しませるかとか戦略立てが必要で。それに、たくさんの人が居る場で話すのが苦手で……。**とことん1対1の風俗が性に合ってる**んです」

「中学時代にガールズバーとか？」

「最初は**中3の頃に友達に誘われてキャバ**。儲かったお金でハーブばっかりやっていました。

お店に年齢バレしたから辞めちゃって」

当時は、合法ハーブを堂々と販売しているお店も珍しくなかった。規制が進んだいま、当時と違って売られているハーブのほとんどはただ身体に悪いだけの毒な場合が多い。

「それから**ガールズバー・メイド喫茶・スナック・JKおさんぽを転々と**」

「JKおさんぽって、おっさんと散歩中に裏オプとか交渉するのがメインな訳じゃないですか。そういった裏の相場ってどのタイミングで学びました？　知り合いの嬢は中学時代に相場がわからず2000円で口やってたことを後悔してるって言っていて。思えば、どこで知るんだろうと」

「待機所とかで同僚から。でも、あんまり周りと仲良い感じじゃないので、盗み聞きとかしたり。最初は私もあんまり相場は分からなかったんですけど、徐々に反応を見て」

「学生ながら多額のお金が入ったんじゃないですか」

「その頃はもう**ハーブだけじゃなくて完全にドラッグ漬けに（笑）**。冷たいのとかそっちへ。マンチーになっちゃって、80キロ台まで太っちゃいました」

薬物により異常な食欲になってしまうマンチー。今の彼女からふくよかなイメージは感じられないので、恐らく痩せるために相当な努力をしてきたのでしょう。

「それで一時期はぽっちゃりイメクラで。ぽっちゃりの中では痩せているって強みを活かして頑張りました」

「ぽっちゃり系とかだと、安いという理由で別にデブ専じゃないお客さんも来るじゃないですか。そういった層を狙った訳ですね。戦略性あるじゃないですか」

「そうですね。でも自分の一番のウリって、**どんなお客さんでもプレイ中に本気で好きになっちゃう**ところで、他の嬢のNG客とかも歓迎なんですよ。むしろこのNG客は一体どんなプレイするんだろうってワクワクしちゃう」

「戦闘民族な気質ですね……。そりゃ人気も出るでしょう」

「もう風俗のお仕事が大好きで。今はお店の事務スタッフとしても入っていて、そっちは時給1000円なんですけど全く苦じゃない。ずっと風俗業に関わっていたい」

「でも、いつかはキャストでは居られなくなる日もきますよ」

「はい。なので今は専門学校で心理学を学んでいます。キャストで働けなくなった際に、お店の嬢たちのためにカウンセラーになりたくて」

「そんな、スポーツ選手が引退後に監督になるみたいな……。とことん天職ですね。そういえば、（当時）アカウントはなんで消しちゃったんですか」

「当時は高校生だったんで病んでて。**親にアカウントもバレて芋づる式にドラッグとかがバレた**のもありますけど」

「どうせみんなバレてもやりますよ」

「はい（笑）。特に荒んでいた時期は『初めにリプライしてきた人と品川で飲みます！』とかやっていて、それで卵アイコンの怪しいおっさんが来たんですけど、それがまた強烈で自分のことをピカチュウだと思っているんですよ」

「!?」

「なにを喋るにも『～だチュウ！』とか『ピッカー！』って。頭にピカチュウの帽子で。あの時は流石に帰っちゃいました。悪いことしちゃったなぁ……」

「本物のLet's GO！ピカチュウだ。強キャラ同士は惹かれ合う」

「（笑）。話は変わりますけど、**私レズ風俗大好きなんです**。レズとかではないんですけど、嬢の気持ちが分かるのが楽しくて」

「百合情報だ。僕も千夜シャロのソープ本を嗜んでいます」

「やっぱり女の子同士なのもあって、どうしてもしっくりこないんです。その噛み合わなさが良くて。**結局、男が大好きなんだなって気づかされる**っていうか」

「歪なタイプの百合だ」

思わず話し込み、閉店時間も近づいてきた。リリスパの反省会をしていたオタクたちも討論に疲れて全員俯いて各々ソシャゲを堪能している。オタク集団にありがちな地獄絵図。

「最後に、いい感じに真面目な話で締めたいです」

「そうですね。最近、お客さん……いわゆるクソ客の文句を書き散らかす風俗嬢のアカウント流行っているじゃないですか。ダメって訳じゃないですけど、私はそれは好きではなくて。風俗ってやっぱりその場で**夢を売る仕事なんで、裏側を見せちゃいけない**と思っています」

「カッコいい。聞けば聞くほど天職だなという印象を受けます」

「よくクソ客からの差し入れとか手紙も晒していて。私はお客さんからの差し入れは嬉しいから、ああいう嬢だらけじゃないよって事も言ってあげたいです。**彼氏にヤク勧められたり集団レイプとかされたり色々ありましたけど、私は男性が大好きなので**」

「抜きゲのキャラみたいですね。ありがとうございました」

ここまでが、2019年1月にブログで公開した内容。以降はそれから、沖縄で彼氏と暮らして子育て生活をエンジョイし始めたやよいちゃんに、現状の承認欲求や性欲とどう向き合っているのか取材してみました。

——その後なにがあって、今はどういう暮らしをしているか教えてください。

「あのインタビュー、今回またお答えするにあたって見返してみたんですけど、当時風俗を一番楽しんでいたころですね。懐かしい気持ちになりました。**今は風俗店のお客さまだった**

彼と、その子供と3人で沖縄で暮らしています。風俗のお仕事は引退しました。状況、変わりすぎてますね（笑）。

彼がシングルファーザーで、それからその子供（現在7歳の女の子）と三人で暮らし始めて、うつ病の私がゆっくり療養できるように、と彼がポーンと東京での仕事を辞めて、移住してきました。一緒に暮らし始めてからは二年くらいになります。

私もアルバイトとかする予定だったんですけど、なかなか病状が安定しなくて。今はほとんど専業主婦です。少しずつエッセイ書いたりそれを本にしたりして、わずかには収入はあるけれど。子供が小学校に入学してからは自分の時間も増えて、のんびりやっています」

――子供との生活について教えてください。

「彼の娘、りかちゃんって言うんですけど。母親が産んですぐに出て行ったこともあって、お母さんの存在を認識していないんです。いまだに、パパのお腹から産まれてきたと思っていて（笑）。だからなのか、最初に会ってからもあまり抵抗なく私のことを受け入れてくれました。今でも毎日『すきすき』言い合うくらい、仲良しです。お揃いのお洋服着たり、可愛いヘアゴム貸しっこしたり。私が今23歳でりかちゃんが7歳なんで、母親、とか親子、というよりは、姉妹とか友達に近いのかもしれません。実際、私は彼女が私のことを母親だと思う必要もないと思っていますし。

彼女なりに『他のうちとは違うけど三人家族』みたいに思ってくれたら嬉しいな、とは思いますけど。

コロナの関係で、沖縄に来てから2人きりの時間が多くあって。テーブルの上で、ペットボトルのキャップ使ってホッケーしたり、紙芝居を発表しあったり、交換日記してみたり。りかちゃん、行動力がすごい子で。私がお昼寝している間に、何かあったときのために持たせているお小遣いでこっそりアイスだの漫画本だの、買ってきちゃうんですよ。それも私、3回目くらいまで気付かなくって。怒るっていうか、子供の成長にびっくりしました。毎日子供がどんどん大人っぽくなっていって、寂しいような、嬉しいような気持ちです」

――今は薬は辞められたりODもせずに健康なのか教えてください。

「これ、一番私が今向き合っているものなんですけど、**未だに毎日咳止め飲んでるんです**。あの、エスエスブロン（笑）。

高校生の時にハマって飲み始めたんで、もう約9年くらいの付き合いになります。一時期、うつ病の病状が安定していたときは、飲まずにいられる期間もあったんですけど。飲むと動けちゃうんで、毎日84錠の瓶をひと瓶飲んでます。歯なんか透けて来ちゃってますし、毎日手ぶるぶるさせながら夕飯の準備していて。

彼にバレたときは『もう辞める、本当にごめんなさい、もう一生やりません』って誓った

んですけど、ぶっちゃけ1週間も我慢できなかったんですよね。依存って怖い。今は彼もブロン飲んでいるの知っていて、まぁ当然良い顔はしないけれど、死んじゃったりするよりは、と思ってくれているのかな、と思います。

沖縄に来てから半年、もう既にブロンを売ってくれない薬局があるし、一番よく買いに行くところは『これ、成分ほとんど一緒で、依存性なくてよく聞くんです。値段もこっちの方が安いですし。こっちにしませんか?』と毎回違う咳止めを勧めてくれるお兄さんが居たり(笑)。まぁ『ありがとうございます、でも、こっちください…』ってブロン買って帰るんですけどね」

——旦那との出会いや結婚の決め手について教えてください。

「これ、Twitterとかでもなんとなく言ってないんですけど、私たち、籍入れてないのでまぁ今も恋人同士なんです。まぁ、内縁の夫婦というか。

付き合ってしばらくして、彼がバツがみっつも付いてることが発覚して(笑)。彼は私と籍を入れるつもりはないみたいだけど、まぁ、なんか懲りちゃったのかな、と勝手に思っています(笑)。どんな理由であれ、彼のこと好きだから『結婚しない』っていう形を取りたい彼のことも尊重してあげたくて。なんにも不満はありません。

彼との出会いは、さっきも書いたように風俗店で、キャストとお客さまの関係として出会ったんですけど。もう、何百、何千と男の人を見てきたけれど、なんかビビビビッと来るものがあったんですよね。こんなに優しい人、見たことない！って。

最初の数回はプレイもしたけれど、そのうちお店で会っても二人で座って映画みたり、お菓子食べながらお話するだけになっていって。むしろ、私のほうが『なんでこの人触って来ないの!?』『この人とだったら本番行為してもいいのに!!』なんてムズムズしてました。

こっちの方がスキスキになっちゃって、店外デートに誘ってもなかなか乗ってくれないし。今思えば、子供が居たから彼なりにセーブしてたのかもなと思います。（宣伝みたいになっちゃいますが、彼とのアレコレ、気になる方が居たら『風俗大好きお姉さん』というエッセイを出しているので、良かったら覗いて見てください）」

――現在の生活で性欲は満たされていますか？

「満たされています。と言いたかったんですが…なかなか彼ともタイミングが合わなかったり、子供が横で寝ているのもあって、絶賛欲求不満です（笑）。

昼間自分の時間が結構あるので、**黄緑色の電マと戯れる毎日です**。電池式なので、家中の機械の電池を盗みまくった結果、彼が「充電池買おうか。」と言ってくれました（笑）」

――子供にはどういう子になって欲しいかなどはありますでしょうか？

「うーん。いい子じゃなくたっていいし、勉強が出来なくてもいいし。ありのままで健康で居てくれたら、なんでもいいけれど。しいて言うなら、りかちゃんには、自分の選択肢を増やせる子になって欲しいな、とは思います。

私自身が視野が狭くて『やったりやらなかったり』とか、そういう力を抜いてやっていくのがあまり得意じゃなくて。『やるかやらないか』になっちゃう。それで辛い思いを結構してきたので、あんまり拘った生き方をせずに、『やっぱやーめた』とか『たまにやるねー』とか、色んな選択が出来る子になったら素敵だなと思います。

ずっと仲良しで居たいけれど、別に、私との繋がりが嫌になったら、ポーンと縁を切ってもいいし。自分勝手に生きてくれたらいいな」

——SNSで裸体などのありのままを晒して承認を得ていた時期の、感情やメリットデメリットを教えてください。

「いまだに、**承認欲求に関しては無くならないものだなぁと**。風俗を辞めた今も、そういう感情は確かにあって。今でもおっぱいの写真とか、Twitterに載せちゃう（笑）。

当時高校を卒業したばかりのころは、本当にTwitterばかりやっていて。**ありのままの自分を晒すことで、みんなの反応が貰えるの嬉しかったた**んですよね。メリットとしては、そこから大事なお友達が出来たり、面白いイベントのお誘いが来たり。色んな人や色んなことに触れられることって、普通の人より多かったように思います。

デメリットとしては、やっぱりTwitterやネットでの反応が気になったりして疲れちゃうこともありました。当時はリアルに居場所が無かったから、余計にインターネットの世界に固執してしまっていて。面白い人がたくさん居るからこそ、なんか普通じゃないこと、避けて通るべきところ、境目が分かんなくなっちゃうんですよね。

あとは、子供が大きくなってTwitterを始める前に、このアカウントをどうにかしなきゃなと思っていて。消すの、やだなぁ（笑）」


――今後の展望ややりたいことなどを教えてください。

「風俗のキャストとしては引退してしまったけれど、**何かしら風俗に関係する活動とかはしていきたいなって**思っています。ずっと携わってきた世界だし、キャストの女の子のメンタルケアとか出来たらなって、資格の勉強中です。

あとはうつ病が酷くなってからすごく太ってしまって。90キロくらいあるんです。なんかひょんなキッカケから写真を撮ってもらう機会があって、近いうちに『太っているわたし』の写真集が出したりします（笑）。需要、あるかな（笑）。ボディポジティブって言葉が流行ってますが、そういうんじゃなくて、なんていうか単に太っている自分の美しいところ、見て欲しいなー。みたいな気持ちです（笑）。

Chapter 3

あとは調子が良くなればエッセイもまだまだ書きたいです。結構、みんな見てくれるから嬉しくて。家族みんな平和に暮らせたらそれで。毎日煙草吸って寿命縮めて、なるべく早く、コロッと死ねたら幸せです。でも、りかちゃんのウエディングドレス姿が見るまでは死なずに頑張ります！」

ある晩、やよいちゃんから「死ぬ死ぬ詐欺になったらすみませんですが、ちょっと消え去る予定が立ってしまったので、インタビューなど、原稿の内容などそちらにお任せします。すみません…！」というDMがきました。

やよいちゃんは本書を企画するきっかけの女性であることと、せっかくここまで接点ができたのですから、できれば生きていて欲しいと返信する。やよいちゃんはTwitterで自殺の実況を始め、いまにも首吊を実行する気配を漂わせる。僕たちにできるのはDMで止めることだけだ。本の出版と関係なく、知人の死は見たくない。

「ごめんね」と残して、やよいちゃんのツイートは止まった。

その数日後……。

なんと、やよいちゃんから「生きておりました。ご迷惑おかけしました！」とDMが。よかった。長かった頭を丸め、心機一転して家族と幸せに暮らしている様子。この本も無事刊行できるように。いやはや、人生何が起きるかわからない。なにはともあれ、やよいちゃんの幸福をお祈りしております。

case.12

メンヘル風俗女子・マイさん

一口に風俗嬢と言っても、デリヘルやメンエス、SM嬢など細い職種は多岐にわたります。自分の周囲にも夜の世界の住人は多く、それぞれが別々の悩みや生活を送っているので、誰にインタビューしようかは非常に悩みました。

そこで今回お願いしたのはマイさんという女性。彼女は僕のトークショーに何度か来ていただいたファンの方でしたが、途中から**「自殺未遂で感電死を試みた結果、入院した」**と驚愕の理由で不参加に。

個人的にも彼女が風俗嬢から自殺未遂に至るまでの過程は興味があり、彼女が仕事を通してどういった悩みを抱え、どういう選択をしてきたのか聞きたいと思い、本書の企画の一つとして取材のお願いをしました。普段はなかなか関わることのない夜の世界の住人の人生を、彼女を通して覗いていきましょう。

「マイさん。本日はよろしくおねがいします。自殺未遂後は風俗からいったん身を引いているとお聞きしていますが、年齢と現在の状況を聞いてもよろしいでしょうか?」

冒頭にも書いた通り、マイさんは自殺未遂後に実家に送還された後、両親のもとで療養しているため今は水商売と関わっていない。

みんな結局は若い女性とセックスが好きなんだよなぁって
普通の人間関係が築けず、生き辛さから風俗に足を踏み入れるという話は時々聞く。しかしもちろん、セックスや風俗が救いになるとは限らない。今回はそんなお話。

「はい。ちょっと前に22歳になりました。今は漫画喫茶でのんびりバイトしています」

「災い転じて福となす……と結論づけるのは少し雑ですが、平和に暮らしているならば何よりです。早速ですけど、風俗歴を訊いてもよろしいですか？」

「**大学入ってすぐ風俗でバイトを始めました**。いわゆる箱ヘルですね。ファッションヘルス」

箱ヘル。雑居ビルなどに店舗を構え、入店後に一緒にシャワー後に料金に応じたプレイを行う、至ってシンプルな形態。

「最初のお店で半年くらい働いた後に、その後は別のホテヘルで働いていました。自殺未遂するまで半年ごとにお店を移っていましたね。**本指名があまりとれないので、店と気まずくなって別に行くを繰り返す**最悪の嬢です」

本指名。客側が「この嬢とプレイしたい」と指名することであり、店側は本指名の多さを人気のステータスとしている。

「大学には入学して早々行かなくなり、留年してすぐ退学して、それと同時に普通の会社の事務をやりましたけど、それも続かなくて半年で退社しました。そして業界に戻ったのですが、最後はSM嬢をやってみました。わりと興味がありましたので」

「会社の事務はなぜ続かなかったんですか？」

「やっぱり**他人と話すのが苦手**で。風俗やってからは、特に年上の男の人が生理的にキツくなりました。みんな結局は若い女性とセックスが好きなんだよなぁって思うように……。風俗の時も**気持ちいいって演技ができないので、客からのウケが悪かった**です」

コミュ障ゆえに昼職に適応できず、風俗を選ぶ女性は少なくない。しかし、マイさんのように夜の世界でさらに他人への恐怖や嫌悪が根付いてしまうことも少なくない。なんと難しい世の中なのでしょう。

「コミュ障以外にも、単純に仕事ができないのもあります。風俗って写メ日記とか書かされるじゃないですか。ああいうの更新もできない」

「やっぱり、そういった作業が得意な方が売れますか？」

「ですね。**Twitterとかブログとか細かく更新していると、客にもスタッフにも信頼されていきます**。やる子は掲示板で自演で自分を褒めたりしますよ。客のフリして同じ店の人気な嬢の悪評を流す人までいました」

風俗嬢もインターネットの世界で戦う時代がやってきている。

「男の人が苦手になったそうですが、彼氏は居たんですか？」

「はい。今までに二人いました。両方、お客さんでした。両者ともに、**風俗を辞めてほしいと言ってお金をくれたので、簡単に好きになりました**。けど、男の人と一緒に過ごしても全然楽しくなくて。一人目は自宅を教えなかったのですぐ別れられましたが、二人目は結婚にまで話が進み始めて、これはまずいと思って別れたらストーカー化しましたね。警察まで呼んだりしましたねー」

淡々と話してはいるが、元カレのストーカーにはだいぶ精神をもっていかれていたのでしょう。自殺未遂や男性嫌悪に繋がる片鱗が感じられます。


「お店でもあまり他人と話さないように過ごしていたんです？」

「ですね。ほとんど個室で待機でしたので、ほとんど話しませんでした。待機室が大部屋だと和気藹々としていることもありましたね。お客さんの差し入れ食べながら酒盛りしていたり。**もちろん、私は輪に入れませんでしたが**。店のルールで嬢同士で連絡先を交換しないようになっていましたけど、誰も気にせず交換していましたね」

もちろん、私は交換していませんが。と続く。**マイさんと話すとどうも話が明るい方向にならない**。ここらで少し軽い笑い話を挟みたくなった。

「風俗でのおもしろかったエピソードや、やらかしたエピソードを訊いてみたいです」

「エピソードとは少し違いますが、色んなホテルへ行けるのは単純に面白いです。内装が電車っぽくなっているホテルがあって、そこに行く人はやっぱり全員痴漢プレイしましたね」

まるで、企画モノのＡＶのようだ。

「SMクラブでのことですが、やたら筋骨隆々とした方がお客さんでした。フェラ好きの方で、立ったまま咥えさせたりベッドに座って咥えさせたりイラマチオさせたり寝っ転がって咥えさせたり。ひとしきりしゃぶって満足したかな？　と思っていたら、逆立ちしてくれない？　と言われました。少し驚きつつもトライしてみましたが、当然私が綺麗に倒立を決められる筈はなく、じたばたしていると、次は俺の肩に足をかけてと言われました。なんとかお客さんの肩に足を引っ掛けると、そのまま体をひっつかまれて持ち上げられました。恐怖です。そしてそのまま縦69のような形で何分かしゃぶらされました。お客さんは満足そうだったのでよかったですが……。余談ですが、**鍛えている人はやたら嬢をお姫様抱っこする傾向がある**気がします」

「異性に筋肉の自慢をしたいが相手が居ないパターンなんでしょうかね……」

「やらかしたエピソードの方は……お客さんの顔面に思いっきりシャワーをかけてしまって怒られた、とかではないですよね。うーん、一つありました。SMクラブでのことです。アナルファック前に浣腸をするのですが、あれって充分時間をおいて排泄しないと腸内に薬液とかいろいろ残るんですよね。その時は早々に浣腸を終えられて挿入されました。案の定挿入されている間中腹痛に悩まされ、そして事が終わって抜かれた時、漏らしました。幸い多量ではなかったですが……。お客さんにはドン引かれるし、辛かったです」

「それは……普通に生きているとまず体験しないエピソードですね」

「ある意味、貴重な経験だったなと誇りにしてます（笑）」

僅かだがマイさんに笑みが戻った。元から大人びた綺麗な女性ですが、笑うと一層美人に思える。**綺麗な笑顔と自殺未遂の跡が残る傷だらけの両腕がアンバランスだ。**

「風俗嬢のひとたちの恋愛事情について、もう少し訊きたいです」

「あまり他の嬢との交流がなかったので、詳しくはわかりませんね……。SMクラブは結婚している人が割と多かったです。旦那さんがお店まで迎えに来てたりしました。あと、やっぱり**夫や彼氏が借金を抱えている率が高い**です」

「夫や彼氏公認で風俗業……。いや、夫や彼氏に頼まれての可能性まであるわけですね。これは闇が深い」

「彼氏のためじゃなくてもホストのために働いている子も居ますから」

「そういうお仕事を続けていると、プライベートでのセックスに対してはどのように感じるようになりますか？」

「特に進んでしたいとは思わない、くらいですかね。嫌ってわけでもないです。でも、仕事じゃ自分はあまり気持ちよくないので、思いっきり気持ちよくなるためプライベートでもセックスをし続ける子は珍しくないですよ」

「マイさんはプレイ中に感じることなどありますか？」

取材でなければ立派なセクハラ行為だ。まさか自分がこんな厄介客のおっさんのような質問をする日がくるとは……。

「乳首が性感帯なので、弄られれば感じます」

「な、なるほど……」

あまりに直球かつ端的に答えられたのでたじろいでしまった……。

「ちなみに僕の知り合いは乳首開発しすぎて、日常生活で乳首が擦れるだけで感じて大変なことになっていましたよ。男ですが」

「そういう弱いところがわかりやすい客が多いと助かるんですけどね。**早くイってくれることより助かることはないですし**。にゃるらさんはどこが感じますか?」

「お尻……」

「アハハ……(笑)。変態的ですね」

わりと本気で恥ずかしい告白でしたが、そのおかげでだいぶ空気が柔らかくなった。そろそろ最も深い部分を掘り出していきたい。

「風俗の内情がどんどん掴めてきました」

「お役に立てたなら何よりです。恐らくみなさんが想像するより危ないことはないですよ。お店もそんな酷いことしないですし、同僚とのトラブルもあんまりない。気をつけることといえば客だけですね」

「なるほど。風俗での生活はそれなりに安定していたわけですよね。では、マイさんが自殺未遂にまで追い込まれた理由はなんでしょう？」

「もともと**中学生くらいから生きるのがしんどくて**。勉強する、働く、頑張るっていうのがまあ辛かったんですよね」

「全く同意見です。僕はこういう風に、よくわからない駄文を書いて暮らす人生を選びましたが」

「生きるの難しいですよね。自業自得過ぎるんですがストーカーの対応で家を引っ越さないといけなくなって、でも引っ越すようなお金とかないし、タイミング悪くSMクラブでお金盗まれたり、家族には会社辞めたこと言ってなかったし、色々とあー面倒!! ってなって。電気屋で延長コードと節電タイマー買ってきて、銅線露出させて、背中と胸にガムテでくっつけて、**睡眠薬飲んで寝てる間に電気流れるようにして自殺を図りました**。昔、東野圭吾の小説だか完全自殺マニュアルだか読んで、楽そうだなーと思って覚えてた方法です」

完全自殺マニュアル（鶴見済、太田出版）……世のメンヘラたちが一度は手に取る一冊。

「自殺方法に正しいも間違いもないと思いますが、なんというか壮絶な方法を選びましたね」

「でもガムテープの固定が甘くて場所がずれたのと、無意識に指で銅線剥がしちゃったみたいで結果死にませんでした」

だからこそ、今こうして話せているのだから良かった。口には出しませんが。

「背中と胸と指先を火傷しましたが、指先は壊死してしまったので、足の指の皮とか骨を持ってきて被せてもらってなんとか復活しました。3ヶ月くらい入院することになり、むしろ治療とかリハビリでより面倒なことになってしまったこともあって、**しばらく死のうとするのやめようと思いました**」

「できれば、しばらくでなく永久に死ぬのをやめてほしいですが、僕が止める立場にもないですからね」

男女関係のトラブルと実家との不仲……。蓋を開けてみると、全ての原因が人間関係の上手くいかなさに起因していました。彼女の今後の人生での命題とも言えるでしょう。

「マイさんは珍しくTwitterをほとんど使っていませんよね。どこにも愚痴や弱音を曝け出さない」

「はい。人間関係が苦手なので、SNSもTwitterでアカウント一つだけ。**それもフォロー・フォロワーともに0人で**、たまにグッズの交換の取引に使うだけです。もし本気で**SNSやっていたら、もっと早く自殺していたかも**」

SNSをしないことで面倒な関係性や悩みのタネから開放される。ある意味、本書の中でも最もSNSを使いこなしている方かもしれません。

「無駄な悩みを増やす必要ないですよ。できれば、このままSNSなんかと関わらず幸せに生きてください」

「なら、にゃるらさんは今後もSNSを続けて不幸になっていくんですね」

「それが僕の生き方ですから。最後に、マイさんの今後のやってみたいことや夢を訊いてもよろしいでしょうか?」

「**普通に納税したい**。年金とか保険料とか払って真人間になりたいです。今はバイトであまりお金がないので。早くお金稼いで、病院行って、**実家からも逃げ出して、一人で生きたい**」

「その夢のために風俗への復帰も視野に入れている?」

「今は全身が傷だらけだから風俗はもう……。ある意味、もう夜では働かないって踏ん切りがついたのかも」

「怪我の功名ですね」

「文字通りですね。真っ当にバイトを続けて、真っ当に稼ぎます。いつか自立できるように頑張ります」

「応援してます。本日はありがとうございました。その時は生きてまた会いましょうね」

「こちらこそ、お話聞いて頂きありがとうございます。良い本にしてくださいね。出版されている時まで生きていたらぜひ会いましょう」

そう言うと、マイさんは傷だらけの指でスマホを仕舞い、一礼して席を立った。流れるような動作はとても上品で、まるで名家のお嬢様のようでした。彼女の笑顔と再開するためにも、執筆作業に努める必要が生まれてしまった。

chapter 3 MEMO

愛欲の海で承認に溺れる。

chapter

4

女優・声優女子

joyu seiyu joshi

この章では、普段はキラキラした部分しか見えない声優や女優たちの、普段見せない裏の部分に迫りました。

本心をひたむきに隠し、綺麗なところだけを描き続け、消費者に夢を与えてくれるアイドルたちも、当然一枚剥がせば僕らと同じ人間です。

彼女たちは今日も、いつも応援してくれているファンのため、そして自身の飽くなき承認欲求のために輝き続けます。その輝きの裏には、どのような闇と見えない努力が広がっているのでしょうか。

「女性声優」さんでは、これまた一般の声優業のみでなく、業界の表から裏まで、酸いも甘いも体験してきた力強い女性です。「女性声優」という業界の荒波と生き残るための苦労を、インタビューを通して追体験していきましょう。

「Vtuberの中の人女子」では、今ではすっかり人口に膾炙した新たなブームの中で、まだ未成熟ゆえに業界もファンも安定していない特異な環境の実態を、主に愚痴をまじえて語っていただきました。

もし、あなたがバーチャル世界にまだ夢だけを持っており、その裏側を覗く勇気がないのであれば読むのは厳禁です。ここだけ丸っと読み飛ばしちゃいましょう。そういう内容となっております。

「セクシー女優」では、現役人気女優の優木なおさんへのインタビューが実現。その表裏問わずにぶっちゃけられる暴露話は、本当に書いて良いのか？　と、出版社側も首をひねったほど。名前と顔出しで語られる壮絶な真実に震えてください。

声優とＶｔｕｂｅｒの二人は名前を出せませんが、できる限りの大物たちへの取材を取り付けた。本書のトリを飾るに相応しい豪華な章です。それでは、「承認欲求女子図鑑～ＳＮＳで出会ったヤバい女子たち～」最後の章をお楽しみください。

case.13

女性声優・ミカミさん

今やアニメに声を当てるのみならず、**アイドルの一ジャンルとして大きく成長した女性声優**。人気声優にまで至ることができれば、オタクたち相手から無限の承認を得ることができるものの、そこまで達することのできる人間は、ほんの一握りにすぎない。

今回インタビューした方は、声優としてまだ花開いては居ないものの、業界で生き残るために手広く、多くのことを経験してきた方です。

いつもは秋葉原で取材を行っていたのですが、今回は相手側にスケジュールが詰まっているということで、こちらが赤坂まで出向くことに。本書で取材した中でもかなり社会人感に溢れております。


赤坂の洒落た喫茶店。禁煙席の奥に彼女はいました。現役女性声優のミカミ(仮名)さんです。

「はじめまして。よろしくお願い致します」

「はじめまして、ミカミと申します。長年いろいろと活動してきましたが、取材は久々なので緊張しています」

透き通った声。喋り方の聞き取りやすさも、程よく気持ちよく聞こえる声の調子も、流石に一般人とは違います。

アイドル声優を目指すうちに、グラドルとしてデビュー。最近ではVtuberもこなすなど、生き残りをかけてマルチに活動中。お仕事に差し障りがないように、仮名で掲載。

「まず、現在の状況と年齢などをお訊きしてもよろしいでしょうか?」

「はい。今は29歳です。もう30歳近いです。顔も売っている声優として一つの節目が30なので、ちょっと追い込まれています」

「なるほど。声優を目指すきっかけや、今に至る経歴を教えてほしいです」

「わたしは**最初アイドルになりたかったんです**。なりたい理由は普通に女の子の憧れだからです(笑)。それで、その時はアイドル声優っていうのが流行っていて。わたしもそれになりたいなって声優のオーディション受けてみました。事務所とか入らずに。ゲームの企画だったのは覚えていますが」

「急に乗り込んだわけですね。なかなか漫画の主人公みたいな始まり方だ」

「当然、その時は声の勉強とかあんまりしてなかったからダメで。でも顔とスタイルはだいぶ褒められたんですよ。今思うとセクハラなんですけど。そのときにグラビアからが近道な気がするよって教えてもらって。**まずはグラビアアイドルになりました**」

なりました、でなれるのだから相当めぐまれた体型だったのでしょう。もちろん軽い言葉の裏では、並々ならぬ努力もあったとは察しておりますが。

「スク水とかブルマとか色々着ましたね~。そんなに売れていた訳じゃないですけど。そのときにグラドルやりながら声のレッスンも受けて。テレビに2つの意味ででましたね。グラドルとしてエキストラやったり、声優としてアニメの端役やったりとか」

「マルチな才能ですね」

「声優学校のクラスメートは自分がモブで出演したアニメのレギュラーもらったんで、それが悔しくてそのアニメ観ると吐き気がする時代とかありましたね。今となると嫉妬もでてこなくなっちゃって。年取ったな〜」

やはり同期との差がはっきり見えてしまうのは、どの業界もとても残酷なことであるようです。同じアニメ内で実力差がでているのであればなおさら。

「次第に**グラドルの方は過激になりすぎたので辞めましたね**。大学が女子校だったので、友達とかに流石にこの衣装とかやりすぎだよねって相談して」

「友人にグラビアの仕事のお話するんですね」

「そうですね。信頼できる友達には。今度この雑誌の表紙やるんだ〜って話したりしましたよ。そんなに引いたりとかはなかったかな。ふーんって感じの反応でした」

「それから声優一本に？」

「そうでもないんです。ガールズバーの店員とかもやりましたね。**声優の見習いたちを集めたのがウリのガールズバー**があって、そこでオタク寄りのお客さんやファンと交流していました」

秋葉原にも、声優が在籍しているのがウリのガールズバーやコンセプトカフェが何件かある。

「苦労されているんですね」

「仕事がない時期をどう乗り越えるかって感じでした。売れている先輩から、わたしたちのこと**『プリキュアに憧れる女児』って言われた**こともありました。なれないものに夢見てるって意味で」

「なんといいますか、また言い得て妙な皮肉ですね」

「でも、歳を重ねるごとに受け入れていかないといけないですからね。実際、声優でなく副業の方が儲かっていた時期もありましたし」

「同期などとはどうですか？　勝手なイメージですが、ヒエラルキー的な意味でも男女間的な意味でもドロドロしてそうな世界に思えます」

そのドロドロがめったに表にでないだけに、優しい世界であるとも思っていますが。

「うーん。同じランクの人たちは仲良いですよ。上位の世界をあまり知らないので……普通に先輩後輩くらいの距離感です。**男女間はけっこうドロドロとしてますけどね～**」

こころなしか、ミカミさんの目がイキイキしだした気がする。

「**有名声優同士の恋愛とかザラにあります**。すぐ噂になって、養成所に通っていれば誰もが知っているとか全然ある。みんな怖いので表では話しませんけど。やっぱり同じ仕事をしている人との方が安心感あるんでしょうね」

「なるほど。作家も作家同士で結婚したりしますし、喜びも悲しみも分かち合えますからね」

「そうですね。それが一番幸せなこと何だと思います」

「ミカミさんも、声優同士で恋愛した経験が？」

「ふふっ。内緒です！」

美少女然とした声優らしい声ではぐらかされた。こういう状況で**好きにかわいい声を使いこなせるのは中々卑怯かつ有用なスキル**だ。

「逆に、ファンとの繋がりはあったりしますか？　恐らく読者に声優オタクがいたら最も気にする質問だと思います」

「ないです」

きっぱりとしている。

「もちろん、ファンからの声援は素直に嬉しいです。社交辞令でなく心の支えにしていたときもあります。けど、ファンと直接話す機会ってほとんどないし、ファンレターやリプライなど一方的にもらうことあっても、返信はしないしな〜って思うと、ね」

「現実は非情ですね」

「地下アイドルとかだと距離感的にもっと繋がれる可能性あると思うんですけどね。あ、わたしみたいにガールズバーで働いていた場合だったら、がんばればLINEとか聞き出して繋がれるかもですけど。有名声優ならありえないけどね」

「つまり、声優と出会うには業界人になるしかないと」

「ですね。そもそも世界が違いすぎるので、業界人でないと話が合わないと思います。忙しいから普通の生活できないし。**声優に会うために音とか絵とか極めてがんばりましょう**！

アニメ制作でのし上がるってパターンもありますよ」

たしかに自分の知り合いも漫画の編集からアニメ制作に携わり、そこで声優と絡むことに成功した人もいた。結局は自分自身が何者かとして成功していくのが、彼女たちに近づく最も有効な道なのだろう。


「ちなみに**エロゲーとかにも参加したことありますよ。裏名義で**。いまのところ誰にもバレてはいないんですけど」

ギャラや枠があるので、R18シーンのある作品の仕事がくることもある。あの有名声優たちも裏名義であんな声やこんな声をだしていることも珍しくない。

「どうでした、エロゲ声優業界は？」

「うーん。特に困ったこととかはなかったですね。楽しかったこともあんまりないですけど（笑）」

「あまり普通の声優業と変わりはない？」

「フェラとかあえぎ声とかあるので、そりゃ普通とは違いがありますけど、**みんな真剣なのでもうあえぎ声とかでは何も思ってない**し、フェラ音だって指とか使って必死に出すので、笑いにもならないしで、真面目な現場だなって感じましたね」

　非日常も慣れれば日常なのでしょう。自分もシェアハウスにいた頃は、誰かが睡眠薬を〇Dしてラリって暴れているのが当たり前に感じる時代もありました。

「お金はちょっと高いし、仕事は多いので助かりますね。ただ、**エロゲメーカーが途中で死んじゃって給料未払いになったり**とかあって怖かったです」

「それは災難ですね……」

　ただでさえ財政的に厳しいエロゲー業界、この社会情勢ではさらに厳しくなっていくでしょう。


「今は声優一本で生活しているのですか？」

「うーん。声優というより**裏でVtuberやったりしてました**」

「なるほど。それは完全に表名義をださずに？」

「そうです！　企業の方から声を掛けられて、しばらく箱で活動していました。６人くらいの箱です」

「この本でも他にバーチャルYoutuberの方にインタビューしていたりしますが、どうでしたか?」

「**運営が曖昧な感じでグダグダ**でした。統率がとれていないっていうか」

ブルーオーシャンであるうちに見切り発車でプロジェクトを始めたのだろうか。バーチャル業界ではよくあることらしい。ご愁傷さまだ。

「箱の**メンバー同士が仲悪かったのが最悪**でしたね。一人だけ突っ走るタイプの子がいて。よくある話かもしれません」

「それで、生活の足しにはなりましたか?」

「時給1000円(笑)」

「それは、なんといいますか……」

「貴重な体験ではありましたけどね。あんなに直接ファンと交流する機会ないだろうし。いろんな感情をぶつけられましたし」

「今の流行の中でしかできない経験ではありますよね」

「あっ、後はありがたいことにファンクラブがありまして、そこからちょっと良い食事ができるくらいのお金はもらえてます」

「なるほど。それは何よりです。では、声優の活動全て含めて、良かったはありますか?」

「好きな作品のスタッフさんに会えたことです!」

ミカミさんが嬉しそうな声を出す度、たいへん声優らしい高音が響くので感心してしまう。

「では、逆に一番つらかったことはなんでしょうか?」

「お金の未払いです(笑)。そういう事務所がありました。もう潰れかけだなってみんな内心わかっていて、**どんどん先輩たちが抜けていく絶望感は忘れられませんね**」

「それは怖い……」

「声優って、多くのピュアなオタクたちを従えるイメージありますが、それに対して承認欲求が満たされるエピソードや苦労したエピソードを教えて下さい」

「やっぱり、**自撮りとか貼ったりしたらすぐ反応されるのは嬉しい**ですよね。寂しい時は適当にツイートしたらすぐリプライきますし。逆に、それがウザったいことはいっぱいありますよ。杞憂っていうか、これはこうだから気をつけてって親みたいに注意してくるオタクがいっぱいいて困ります」

いわゆる杞憂民と呼ばれる人たちだ。

「ストーカーとかもありましたよ。勤務していたバーに変な手紙たくさんきたり。後輩の子もそれで悩んでいる子が多くて。よく相談に乗っています」

「それは本当に大変だ。対処は警察ですか?」

「主はそうですね。あとはSNSの使い方とかかな。**場所が特定されるような写真は絶対ダ**

メみたいな」

「なるほど……それはとても苦労してきましたね、ありがとうございます。あっ、もう終わりの時間ですね。最後に、これからこうなっていきたいなどはありますか？」

「とにかくもっと売れたい！」

アニメ声で宣言するミカミさん。これから彼女の声を深夜アニメで聴くこともあるでしょう。その時は、赤坂で話したこの日のことを思い出して悦に浸ろうと思います。

case. 14

Vtuberの中の人女子・ココロさん

「バーチャルYoutuber」。二次元キャラクターのガワを被り、顔を出さずにキャラになりきって配信する文化が生まれたことで、容姿でなくトークや声質で勝負することが可能となりました。

といっても、あくまでバーチャルキャラクターという体裁が重要であり、更に生主界隈以上に男女関係に厳しい！　有名バーチャルYoutuberの女性が、**ちょっとでも男の影を感じさせたら最後、一気にネットは炎上騒ぎに**。

大手のバーチャルYoutuberは、もはやプライベートまでガチガチに固められた芸能界状態。実態としてはターゲット層がオタク男性に特化しているだけで、アイドルとそう変わりはないでしょう。

しかし、中堅バーチャルYoutuberはまだまだ発展途上で自由な世界。

今回、僕がインタビューしたのはYouTube・Twitterのフォロワーが1万程度の正しく中堅バーチャルYoutuber。

「顔を見せない地下アイドル」となった彼女は、一体どのような心境で毎晩オタク相手に配信しているのでしょうか？

地味目の女子が、キラキラなCGをまとってVtuberに。ファンに囲まれ承認欲求は満たされるものの、炎上しがちな世界なだけあってストレスもマッハ。仮名で愚痴ってもらった。

夜の秋葉原。昼は至って普通の事務職をしている彼女は、久々に思いっきり飲みたいとのことで居酒屋を指定。「ロリっ子キャラで売っているんでお酒は飲めない設定なんで……。だからこうしてリアルでお酒いっぱい飲める機会は嬉しいです」と痺れる理由が。

「今夜はよろしくおねがいします」

「はい、よろしくおねがいします！　いまは緑川ココロ（仮名）です」

彼女はデビュー前、つまりただの一般人だった頃の知り合いで、バーチャルYoutuberデビューまでに何度か相談に乗っていた間柄です。大手ではないもののオーディションに合格し無事企業Vtuberに。

バーチャルYoutuberとなってから会ったのは初めてなので、改めてキャラクターの名前として自己紹介をするという、粋な演出です。

「相変わらず、声が可愛いですね。オタクたちが夢中になる訳だ」

「声で勝負の世界だなって自分でも思います。といってもプロの声優っぽさというより、程よい素人感が望まれている世界なんで、ちょっと普通より声が可愛いわたしは丁度いいんでしょうね」

メガネに綺麗な黒髪。現実世界では地味めな印象を受ける彼女ですが、家に帰るとたちまち緑川ココロへ変身。バーチャル世界での彼女は才色兼備な派手髪美少女に。

「それで、憧れのバーチャルYoutuberになれて何が変わりました?」

「**精神がすっごく追い込まれるようになりました**。普通に生きていたら、オタクに対して憎しみを抱かないし、仕事している間に同僚に数字で抜かれる恐怖とか、面白い企画を考えなきゃってプレッシャーもないし」

お酒が入っていることもあってか、ココロちゃんはすでに攻撃的だ。インタビューというより愚痴をぶつけにきたつもりのように思えます。それだけ大変なのでしょう。

「オタク、というかファンの人達は難しい？」

「**ムカつきますね。なんにでも指示出して来ますから**。ちょっとでも向こうのイメージと違うことしたら、すぐDMで『こういうのはどうかなと……』って送ってくるんですよ」

バーチャルYoutuberのファン層には「杞憂民」と呼ばれるタイプの人間もおり、「こんなことをすると危ない・こんな人とコラボするのは危ない」と過剰な心配で行動を制限しようとする。

他にも「指示厨」と呼ばれる、主にゲーム配信中などに「こう進めろ」とコメントで指示してくる輩も少なくない。ファンに理想の美少女として幻想を抱かせつつも、**厄介なオタクをどう穏便に対処していくかが、売れていくためには重要**です。

「すでにかなり病んでいるように見受けられますが、メンタルのケアは大丈夫ですか？」

「どうしても定期的に病んじゃいます。でも休んだら人気が落ちそうで怖くて。そもそも毎日配信しないといけないのがおかしいですよね。結局、みんなネタが無いからゲーム実況ばかりになるし。自分では面白くないと思っているけど、オタクはいつも追ってきてくれて凄いなって思う」

メンタル面ではともかく、配信者としては立派にファンもついてきて成功しているようです。それが彼女の幸せかはわかりませんが……。

「そもそも、どういうきっかけでバーチャルYoutuberを目指したんですか?」

「友達がバーチャルYoutuberになって売れたのを見て、わたしもこうなりたいなって。でも友達の方は売れすぎて忙しくなってんで、必要な連絡しかしなくなりました。一緒に遊べなくて寂しい。コラボ配信したくても格が違うから絶対オタクになにか言われるし」

企業所属の子たちは数字とお金が絡むだけに、コラボでの配信やSNSでの絡み一つでも政治が絡む。芸能界と同じく、仲良しこよしでは生きていけない。バーチャルながらリアルな問題が大量に発生する。

「頑張っても実にならない感じが辛いです。もっと売れている子はいいでしょうけど、わたしみたいな**中堅以下が辞めても、何も残らないじゃないですか**。目標とかもあまりないし……若い人生を無駄にしているようで虚しくなります」

「逆に、続けていて嬉しいことはなんですか?」

「純粋に応援してくれる良いファンの声援とか……**まぁ本音で言うとお金ですね**」

「どれくらいもらえているんですか？」

「日にもよりますけど、事務所やプラットフォームで抜かれて**オタクが課金した額の3割くらいです**。一万入れば三千円。時給にすれば2000～5000って感じですかね。それが毎日ならまぁまぁの稼ぎにはなりますよね」

「たしかに実入りはいいですが、ここまで病むほどかなとは感じますけどね」

「でしょ！　**でも、配信がないとただのOLだし……**」

普通の大学生で普通のOLという人生を歩んできたココロちゃん。オタクとはいえ、多数の男性から囲われる経験なんて今までなかったそうで、一度覚えてしまった承認欲求の味は忘れられない様子。

「**大したことない話でもチヤホヤされるのは楽しい**です。ちょっと落ち込み気味～とでも言えば、みんな蟻の巣を突いたように湧いて慰め始めるんですよ。お金もくれる」

ココロちゃんは矢継ぎ早に生ビールを注文し、遠慮なくステーキを食らう。ストレスの発散先が過食に向かわなければいいのですが。

「あっ、他にも良いことありました。女性のファンが応援してくれると嬉しいですね。性欲とか恋愛じゃない純粋にわたしを好きなんだなって」

「今はバーチャルＹｏｕｔｕｂｅｒの女性ファンの熱量はすごいですよね」

「男性バーチャルＹｏｕｔｕｂｅｒのファンの女性は本当にすごいです。無尽蔵にお金を貢ぎ続けるし、手紙とか貢物とかもじゃんじゃん送ってくる。応援うちわとか作るし（笑）。配信でアレが欲し〜って言えば、次の日にはダンボールくる。男性オタクはそこまでしないな〜」

大抵のコンテンツは、女性ファンの方が圧倒的に課金率が高い。どの企業も女性ファンを取り込もうと、必死に男性配信者を作り続けている現状です。

「男性と女性の配信者でトラブルや恋愛に発展することってありますか？」

「全然ありますよ。男性バーチャルＹｏｕｔｕｂｅｒに気に入られるために、個人通話で事務所の裏情報とか話して解雇される子も居ますし。ちゃんとドロドロしてる。**だって若い男女ですよ。しかも目立ちたがり屋の**」

「思ったより表面上は問題になっていないなぁと僕は感じていますが」

「男女のどちらもある程度人気があって、**お互いに秘密を握り合うことでバランス取れているんです**。こっちが炎上したらお前に飛び火するぞって。だから揉めても内輪でどうにか処理する」

配信にしろ作家にしろ、同業とのカップルが多い理由は同じなようだ。互いに弱みを握り合うのは、つまり二人だけの秘密が何重にもある状態であり、その環境での恋愛は盛り上がるでしょう。ファンからすればたまったものではありませんが。

「ある意味、つねにファンの機嫌を取り続けている職業なんですね」

「**顔が見えない分、どんどん理想化されてしまう**から、地下アイドルとかよりもそうだと思う。いつ離れていっちゃうかわからないし、ずっと怖い」

常に自分の人気が落ちることに怯え続けている。配信者になる前の彼女には、こんな悩みは微塵もなかった。

「どうやって気を紛らわせているんですか？」

「逆にキャラクターに集中し続ける。バーチャルYoutuberのことだけ考えて、どうすれば面白いツイートや配信ができるかとか。でも、そうしているうちに現実が疎かになっちゃうのも怖い。当然、現実に集中すると今度はバーチャルに戻ってこられなくなるし。八方塞がりだよ……」

話せば話すだけ落ち込んでいってしまうココロちゃん。オタクから巻き上げた金は、就寝前のお酒へと消えていくとのこと。いつか精神の糸がプツンと切れて倒れてしまうんじゃないかと心配に。まさか僕のほうが杞憂民と化すとは。

「キャラクターに集中ってSNSとかを頑張るってことですよね？」

「うん。**エゴサとかをすごいする**。褒めてくれるツイートも文句言っているツイートもいっぱいでてくるけど、それぞれの意見をちゃんと考えて、次はこうすればウケるって考える」

「悪い意見……つまりアンチがでてくることもあると思いますが、それは大丈夫なんです

Chapter 4

か?」

「いるねーアンチ。バーチャルYoutuber自体のアンチも居るし、わたしが所属している事務所のアンチもいれば、当然わたし自身のアンチも居る。**でも意外とアンチって気にならないんです**。何ででしょう、アンチの何倍もファンが支えてくれるのをわかっているからかな」

叩かれる事以上に、生まれてはじめて不特定多数から必要とされる状態が嬉しいのでしょう。だからこそ、今の環境が捨てられなくてジレンマで苦しんでいる。なまじ、それなりに人気があるからこその悲劇。

「暗い話ばかりさせて申し訳ありません」

「大丈夫。タダで美味しいものいっぱい食べれたし。お酒も飲めたから」

「最後に、ココロちゃんのこれからの希望ややりたいことを聞いて、せめて明るく締めくくりたいと思っています」

「希望ですか。イベントとか曲とか、まだやっていない楽しそうなことはいっぱいあるので、それが実現できるくらいに売れたらいいって思います。さっき話した売れている友達はもうオリジナル曲とかあるし」

「真っ当なアイドルですよね。素晴らしい」

「**真っ当なアイドルがどれだけ偉いかが分かった気がする**。そこにたどり着くまでどれだけ難しいかも」

「ココロちゃんの人気自体は間違いなくあると思っていますが、続けられそうですか？」

「わたしの人生の唯一のチャンスだと思っているから、どうにか。昼の職業で大ヒットなんて絶対ないんだし」

社会人になって火が点いた彼女の承認欲求は、まだまだ燃え尽きる気はなさそうだ。なんだかんだ精神が強いとも言えるかも知れません。

「最後にこれだけ言わせて、同僚に売れているバーチャルＹｏｕｔｕｂｅｒのマネばっかする子がいるんだけど……死ね！！！」

そう言うと彼女は今までで一番嬉しそうな顔をした。それにしても、罵倒する声まで可愛いのだから、天性の配信者なのでしょう。バーチャルＹｏｕｔｕｂｅｒなんて目立ってなんぼ。これからも、その人一倍の承認欲求と声で活躍していってもらいたいものです。

case. 15

セクシー女優・優木なおさん

セクシー女優として活躍する優木なおさん。今回はこの本としては珍しく、本名義で受けていただいた。しかしその内容はあまりに濃厚だった。

「早速ですが優木さんのこれまでの経歴を教えていただいてもよろしいでしょうか？」

「えっと。北海道で生まれ育ち、北海道でスカウトされて今のAV女優になったんですけど、それまでは普通の仕事をしていました。普通に販売員をやって、そこから経済的に苦しくなったんで、すすきののキャバで働き、その時にスカウトされました」

「なるほど」

「そして**AV女優始めてから、地下アイドル活動も並行して始めました**」

「地下アイドルまで!?」

「もともとあったユニットに加入して、一年足らずで辞めて今に至ります」

「キャバクラでスカウトされたのは、客としてきたマネージャー経由とかですか？」

「いいえ。キャバクラ時代にスカウトされたってだけで、街歩いてた時に声かけられました」

「怪しいとは思いませんでした？」

「思いました！　もう、めちゃくちゃ怪しいって。なんだろうこの人って（笑）。ただ名刺

優木なお
セクシー女優。JET STREAM 所属。153cm、B88(G65)・W60・H88。2018年、SOD クリエイトから AV デビュー。現在も多数の作品に出演中。人狼ゲームと美容が好き。

だけ渡されて『ホームページ見てもらえればわかる』って言われて」

「信用してもらうには、その方法が一番ですね」

「**ホームページ見たら『AV事務所じゃん!』って**思いましたね」

「それでもやってみるぞって気持ちになったんですか?」

「そうですね。めちゃくちゃ悩みましたし、最初はなりたくない職業ではあったんですけど、よく考えたら短い人生で『AV女優』という職業を経験するには今しかないよなって」

「なんてポジティブな考え方。ちなみに、その時はおいくつでした?」

「業界に入ったのは29歳の時です。スカウトされたのは28歳。半年間、無視した後に事務所へ行ってみました」


さらに若いころは、コスプレイヤーとしても活動していたそうだ。

「AV女優だけでなく撮影会のみのお仕事もありますって書いてるのも気になって。わたし**20歳くらいのころはコスプレイヤーだったので、撮影会のモデルくらいなら**って連絡しました」

「ちなみに、どのようなキャラクターのコスプレを?」

「わたしが多かったのは**ラブライブ!でしたね**。北海道でラブライブ!のコスプレをするパフォーマンスユニットに所属していました。キャラに扮してダンスだけなんですけど」

「キャラクターになりきったアイドルグループなんですね」

「そうですね。歌はうたわないけどダンスだけやって。一回だけワンマンライブもやらせてもらったこともありました」

「コスプレイヤー時代も掘っていくと面白そうですね」

「**コスプレイヤー時代は、人付き合いがとにかく大変でした**ね。性格がひん曲がった方が多いので」

「強火だ。どういう性格の悪さなんですか？」

「明らかに書いたのこの人だろうなって分かるのに、匿名掲示板で嫌いな相手を叩くとかです（笑）」

「ありがち……」

「『似合ってもいないコスプレして～』とか悪口書いたり、ツイートを晒したりとか」

「更にありがち……」

「ラブライブ！のコピーユニットやっていたのって当然わたしたちだけじゃないんで、『これ他のユニットからの叩きだな』っていうのも」

「対立しているんですね」

「表面上は仲良くしているんですけどね。同じキャラクターをやっているので仕方ないですけど、『こっちのほうがかわいい』『こいつの方はブサイクだ』とか」

コスプレイヤー同士も大変なようだ。みんな仲良くしてほしい。

「わたしたちは『どんなに叩かれても無視しましょう』って9人で決めていたので。他にTwitterで掲示板見てるってのを絶対バレないようにしようとか。愚痴はLINEグループ内で留めておこうって約束して」

「それは偉い。ちなみに、優木さんはどのキャラクターだったんですか」

「南ことりです」

「それは、まぁなんとも。さすがです」

「推しキャラだったんで。**好きなキャラやれないと組まないです**って感じでしたし」

「そして、コスプレイヤー時代を経てキャバクラへ」

「キャバクラとガールズバーやっていました。ガールズバーはちょっとだけで。楽しいんですけどお給料が安いので」

「お金の問題はシビアですからね」

「ガールズバーはコスプレバーだったんで、普段着ているコスとか着回せて面白かったです。キャバクラは個人経営でゆるいところだったので、ゆるく働いていました」

「その後に、撮影会モデルならいいかなとAV事務所へ」

「そうですね。一回、事務所に話しを聞きに来てほしいって言われて。撮影会モデルとしては登録しますが、AV女優になるかは心が揺れて一旦持ち帰りました」

「悩んだんですね」

「その時にAV女優の給料とかを細かく訊いていて。その上で一本これ以上だすならと金額指定が条件でいいならやろうと結論に」

「お金の面で」

「お金の面ですね」

金銭面、とても重要なことです。


「これからAV女優として生きていくことの苦労などもたくさん想像されたと思いますけど、それに勝るほどの好奇心だったんですね」

「そうですね。**経験値としてやってみたいってのが一番強くなったかな**」

「ちなみに、その時に提示した金額は書いても大丈夫ですか」

「はい。『一本30万払ってもらえないなら無理です。わたしが受け取る金額が1万円でも30万を下回るならやりません』って」

「その約束はいまでも果たされているんですね」

「30万円もらえるなら一回くらいでてもいいかなって気持ちに。でも、それから話しているうちに楽しくなっちゃって。このままこっちに転んでもいいなって」

「そこから営業が頑張ったと」

「そうですね。その上で『営業が成功しても最悪断るのもアリですか？』まで約束しました。一応、わたしも不安だったので。契約上それも大丈夫だって確認したので」

「優しい事務所だ。では、事務所への不満などは全然なさそうですね」

「ないですね！　事務所に対しての不満はないですけど、敢えて言うならLINEちゃんと返してくれ（笑）」

「話を聞いて楽しくなっているうちに、AV女優として成功したい・有名になりたいって夢もでてきたんですか？」

「夢もでてきましたねー。**元々コスプレイヤーやっている人なんて有名になりたい人しか居ないでしょうし**。承認欲求の塊ですから。承認欲求が強いとかじゃないですね。**承認欲求しかないくらい**の人たちの集まりなので」

それにしても、「承認欲求しかない」というのはすごい表現だ。


「わたしも承認欲求の塊なので、AV女優やるならAV女優として満たされたい。キャバクラの時だってランキング上位に入ることで承認欲求が満たされていたので。AV女優も有名になることで承認欲求が満たされるんだろうし、それが全てのモチベーションになるなと」

「カッコいい考え方だ。ちなみにキャバクラやガールズバー時代で、Twitterのアカウントでのし上がっていく方法ってどのようなものでしたか？」

「圧倒的に自撮りを上げることです。後は、どんなお客さんにも、**心のなかでクソ客だって思っていても、不快な思いをさせない**よう返信する」

「わかりやすい答えで大変参考になります」

「どんなにムカついてもブロックはしない。向こうが求めている返答をしてあげる。リプも全て目を通すべきですね。わたしも今の現場で忙しい時とかでも、リプにいいねは全てつけていますし」

「自撮りの大胆さとコミュニケーションのマメさが成功の秘訣ですね」

「あとは**Ｔｗｉｔｔｅｒでメンヘラ発言しない！**」

「ごもっともです。ちなみに優木さんが病んだ時はどのように発散するんですか？」

「わたしは基本的に病むのはＴｗｉｔｔｅｒ見ている時なんですけど、病む原因になったツイートをすべてスクショ撮って、鍵垢とか少数の信頼できる人だけにバンバン晒します。それこそラブライブ！のコピーユニット時代のグループに貼ったりとか」

「現代っぽい生き方ですね」

「裏垢必須ですね。**すぐ病んじゃう人は裏垢作ったほうが良い**と思います」

「優木さん……メンタルがお強いですね」

「強いほうだと思います。じゃないとこんな仕事やれないし（笑）。自分で言うのもなんですけど図太いです」

「そんな優木さんが始めてＡＶに挑戦した際の心境を聞かせて欲しいです」

「最初はやっぱり不安でしたね。１日目にパッケージ。そして２日間ロケで合計３日間かかりました。そんなに時間かかるんだって思って。いきなりロケって言われたのも、ロケっていくものなんだ……って不安で」

「単純にわからないことだらけですからね」

「しかも天候すごく悪くて、台風近づいてきていて。不安に不安が積み重なるし、カメラ回ってもどうしていいかわからない。台本読んでもどうしていいかわからない。その不安の中で、ＡＤさんとか監督さんがめちゃくちゃ優しくて。『ここはちょっとづつカットいれていくから無理しなくていいよ』って言ってくれて。場を和ませる天才かなって思ったくらい救われました」

「業界の人達、みんな優しいんですね」

「東京とか回るシーンもあったんですけど、それも素で楽しんじゃっていいよって。それで色んな所回っていたら監督とデートみたいになったり。絡みを撮るのが夜だったので、昼はただ遊んだだけで、それの間にだいぶ気持ちを和ませてくれたので」

「なんていい話なんだ」

「絡みは絡みで『なにをどうすればいいんだろう』って緊張するんです。『絡みが始まって終わるまで○分間撮りまーす』って言われて、**『プライベートでそんな長時間セックスしたことない……』**って不安に」

「他の職業ではありえないタイプの不安だ」

「でも男優さんもとてもすごい人で。絡みもシナリオもリードしてくれて。動きとかも自然の流れを作ってくれて。終わってみるとただ楽しかったです」

「何時間撮影したんですか？」

「絡みのとこだけなら1時間ですね。男優さんが全てリードしたので、カメラとかも気にせずただ気持ちよくさせられただけみたいな」

「感動だ。それからAV女優に慣れていく過程でアイドルユニットに」

「そうですね。半年くらい経った時に、事務所の社長にわたしからやりたいって頼んで。パフォーマンスユニットをやっていたことはあるから、ちゃんとしたアイドルというものをやってみたいと」

「同じ事務所または系列のアイドルグループなんですね」

「そんな感じです」

「どういったアイドルグループだったんですか？」

「デビュー時のわたしの認識だと、『セクシー女優で形成されたセクシー女優のユニット』だったんです。それがどこで変わったのかわかりませんが、わたしの加入時には『セクシー女優であることを隠して地下アイドルやっていくユニット』に変わってました」

「前提に変更が。では、ここからは優木さんも別の芸名なんですね」

「名義を変えて活動していました。わたしを入れて4名です。抜けたり入ったりを繰り返した末、2人になったユニットに、わたしと同タイミングで入ったもうひとりの子で4人に」

「そのグループで、どういうことが起きたんでしょう？」

「最初は大歓迎って感じだったんですよ。そのまま4人で活動して表面上の雰囲気はよくやってたと思いますね」

「表面上は」

「始めは気づいてなかったんですけど。途中から自分だけ迫害を受けているなって。暗黙の了解でファンはメンバーが元セクシー女優であることを知っていたので、わたしは隠す必要ないじゃんって考えで。それでイベント時に谷間を出した衣装をしたら、すごく怒られたんですよ」

「メンバーから」

「はい。リーダーが怒るんです。わたしの感覚としては谷間がでてるくらい問題なくねって思いつつわたしだけ怒られて。ある日、わたしだけ現役のセクシー女優だからいじめられているんだなって気づいて。自分たちもセクシー女優だったわりに、現セクシー女優を叩くんだこの人たちって」

「レディコミのような展開だ」

「元セクシー女優であることのなにが恥ずかしいのかわからなくて。**元セクシー女優であることよりも、大してお客さんが入らないことのほうが恥**ですよね。そこから3対1の構図になって。わたしだけ省かれてるのもファンの間でちょっとづつ浸透していきました」

「それはもう、ファンから見ても終わった感覚になりますね」

「別に仲いいよって誤魔化したんですけどね。それで迫害はどんどん酷くなって。MC上でもメンバー同士の絡みにわたしが入ったら露骨に嫌がられるとか」

「どんどん崩壊していく。そうなるとファンも確信しているでしょうね」

「それで月にでるライブの活動も多くなって。こうなると現場（AV）ができなくなるし、**基本的にアイドル活動での収入はほぼ0**で。チェキの売上しかないので、カフェとか交通費とかでマイナスまでありますす。じゃあ、なんでやっているんだってわからなくなちゃって」

「その後も何度か揉めたのは目に浮かびます」

「それで辞めますって言った時、リーダーから言われたのが『お前荷物全部纏めて北海道帰れ』で（笑）。『お前よりわたしのほうがフォロワー多いんですが』って思いましたけど」

「運営はどうなっていたんですか」

「運営もすごいですよ。東京に住むために運営さんが用意した寮を使わせてもらっていたんですけど、その**寮に運営さん（男）も住んでいて。明らかにワンチャン狙っている感じ**で。それなのにわたしがずっと部屋に居たからどんどん不機嫌になっていって」

「急にエロマンガみたいな展開に」

「ユニット辞めるってなったのが12月30日で、その時のLINEが『1月10日までに出ていってください』。これもう人として終わっているなって。年末年始やぞって」

「それは酷い」

「ちなみに3LDKの部屋だったのですが、ある夜にトイレ行くため部屋から出たら、枕持って立っているメンバーが居て。『なんでこの人枕持っているんだろう……』って眺めていたら、運営さんの方の部屋に入っていって。あーなるほどって（笑）」

「なるほど（笑）。これ書いたらヤバいですよね」

「書いたら面白いですよ。わたしは**悪意を持って接しられたら、悪意を持って返していいと**思っているので」

ヤバいことまでちゃんと書くかどうか、こちらが試されているのかもしれない。

「そろそろAV女優の話に戻しましょう。これ失礼な内容なので問題あればカットでいいのですが、プライベートでのセックス事情に変化はありましたか？」

「優木なおになってから、プライベートで一切セックスしていないんですよ」

「えらい」

「病気が怖いので」

「そっちか！」

「でも、一番は男優さんのテクニック知っちゃうともうプライベートじゃ満足できないんで。その満足できないセックスのせいで病気になって、現場を困らせるのが一番最悪なので」

「この質問からこんなに真っ当で素晴らしい答えがくるとは。ということは、恋愛も？」

「恋愛はそんなにしないんですけど、わたし**16歳の頃からヤリマンって呼ばれていて**」

「!?」

「16の頃とかは、**他人の男と寝るのが楽しくて仕方なくて**。別にその人好きじゃないんですけど、彼女が居る男を堕とすために生きているみたいな」

「こりゃとんでもないヤリマンだ。歪ですがこれも承認欲求からですよね」

「そうですね。**気に食わない女と付き合っている男を取るのが快感**でした。それを高校生の頃にやっていたら、めちゃくちゃヤリマンって言われて（笑）」

「またエロマンガのようなお話だ」

「すみませんヤリマンでっていうよりかは、すみませんモテちゃってってスタンスでしたね。

Chapter 4

ただの性格悪い女だと思います。それで友達全く居なかったです。それから学校行かずに札幌中の男の家を転々として、親から捜索願いを出されそうになったりとか」

恋愛の話から、とんでもないエピソードが飛び出してしまった。

「でも、わたしの**見た目が真面目だったんで、清楚系ビッチでしたね**。結局、高校はやめてまた男の人を渡り歩きました。泊めてもらう代わりにセックスするとか。このときから経験人数覚えてないみたいな（笑）」

「また男に好かれそうな属性ですね」

「でも、高校くらい卒業しとかないといけないなって定時制の高校に転入したりしましたけどね。そこを卒業と同時に急に普通になって、携帯の販売員になって、百貨店の化粧品売場で働いたり、男からお金を借りて返さないを繰り返したり、最終的に夜の仕事を経てAV女優です」

「壮絶な人生だ。ちょうど経歴がまとまったので、SNSの話をしましょうか。優木さんはTwitterでも積極的に活動していますが、そこで拘っている点などありますか？」

「一日一回必ずなにかをツイートしています。あとは30分くらいでもファンからのリプを極力返す時間を作るとか。**その時間だけはクソリプでも丁寧に対応します**」

「わかるなぁ」

「あとは、メンヘラっても、大げさにせずに『悲しいことがあったから慰めて。かわいいって言ってください』くらいにするとか」

「それは本当に大事ですよね。ファンまで不快にさせる必要ありませんから。ファンの扱いとか上手そうですね。ストーカーとかできなさそう」

「ストーカー居たとしても倒しちゃうでしょうね」

「はは。なおさんなら返り討ちにしてもおかしくありません」

なおさんの笑顔からは、ストーカーなんて物ともしない迫力を感じる。

「最後に、今後の野望を訊いてもいいでしょうか?」

「わたしは身体が動くまでAV女優を続けようと思っていて。とにかく有名になりたい。わたしが死んだ時に**『優木なおって女優いたよね』って、別にAV興味ない人にも言われるようになりたい**。優木なおが存在した跡をいっぱい残したい」

「それはまた巨大な承認欲求だ。では、女優としての次の一歩は何を考えていますか?」

「わたしまだそんなに本数出ている女優ではないので、基本的には作品を増やしたいし、紙媒体の写真集をだしたいです。世に残るものがあると嬉しい」

紙媒体の特別感は、インターネットの時代だからこそ。この本もまた、優木なおが生きていた証になってほしい。

chapter 4 MEMO

たとえどんな皮を
被ろうとも、
一枚剥げれば
ただの女性。

chapter

5

メンヘル男子

menhel danshi

case. 16

サブカルオタク男子・にゃるらくん

この本は、いろんな女性たちの話を聞き、繊細な部分に触れさせてもらうことで成り立っている。だから、筆者であるにゃるら本人も、もっと心のうちをさらけ出しいろいろ話すべきなんじゃないか。そんな想いから、新装版の追加要素として、担当編集による「にゃるらインタビュー」を収録することにした。

取材場所は、東京中野のにゃるら宅。部屋の中は、フィギュアやソフビ人形、漫画などが**角度までミリ単位まで計算されてそうな整頓具合**で並べられていて圧倒される。これはにゃるらにとって結界なのかもしれない。

今日はあえて、本人が嫌がるかもしれないことも含めて突っ込んで聞いてみよう。そんなことを思いながら会話を始める。

「まず、なぜこんな本を作ろうと思ったんでしょう?」

「きっかけになったのは、この本にも掲載されているやよいちゃんでした。話を聞いてもらいたいという連絡があり、その内容をネットに書いたら評判がよくて」

「最初は『聞いてほしい』という声だったんですね」

「自分もその時期は精神や不眠がかなりひどい状況で、いろんな人の話を聞きたかった。それを本にまとめることで誰かの救いになれればとも思っていました」

「では、自分のためにも話を聞きたかったと？」

「話を聞いていけば自分の中で何らかの糧になると信じていましたし、そこは創作方面にも活かせたかなと思っています。なにより、自分の母親がこの本に登場する人たちと共通するところがかなりあって。**彼女たちを通じて、母親のことをもう少し理解したい**という気持ちもあったかもしれません」


さまざまな悩みを持つ女性たちの話を聞くことで、母親を理解したかった。母親の影響は、やはり大きそうだ。


「不安定な時期だったからこそ書けたのかもしれませんね」

「自分にしかできないという部分も、ある程度はあったかなと。解決策を出すわけでもなく、かといって寄り添うとか甘いことを言うわけでもなく、ただ聞いて共感するときはするし、わからないときはそう言う」

「ただ聞くだけというのが重要だったと？」

「悩んでいる人や病んでいる人にインタビューすると、助けよう治してあげようってなりやすいと思うんですけど、自分も当事者として感じていたのは、そんな付け焼刃なことは意味ないってことでした。**その場でできることは、ただ相手の話を聞くことだけ**。話を聞いて、こうやって本にすることで誰かが知ってくれるというところが希望になると思います。そこに関して、フラットに話せる相手として自分は適役だったかもしれないと」

「最初ににゃるらさんから本の企画を聞かされたときは、『現代の闇』とか『社会病理を分析』とかそういう方向なのかなと思いました。でも、全然違いましたね」

「そういうのはかなり好きじゃないです。どんな時代でも、病むというか社会から外れる人は一定数いるわけです。それに対して何が問題なのかという話をするより、まず話を聞くところから始めないといけないと思います。ODとか自傷だとかがネット上で騒ぎになって目につきやすくなったかもしれません。でもそれは確実に昔からあったものです。そもそも彼女たちに**ODするなとか自傷するなとか禁止しても意味がない**と思います。強制的に止めても辛いまま。じゃあ何をするかとなると、話を聞くことだけ。説教するわけでも寄り添うわけでもなく、まずは言いたいことを全部聞く。この本を出して一番良かったのは、その一助になれたというか、そういうタイプの理解の示しかたがあるよと表現できたことです」

「わかる気もするんですが、どういう意味があるんでしょう？」

「誰しも悩みや苦しみは確実にあると思います。そこに対して社会が歪んでいるっていうのは多分どんな時代でも言われてきて。でも、**救われたいってときに『社会を正す』というのは大きすぎるし絶対違う**と思います。彼女たち自分たちの小さな問題について、目先に救われることがあるとしたら、誰かが話を聞くことしかないと思っています」

「やさしく寄り添う必要もない？」

「寄り添うといっても、家族や恋人、よほどの友達でない限りは何を言っても意味がないと思います。自分そういう時期はあったんですけど、金もなく破滅的になって暴れている人間を助けるとなると、本気で関わる気がないと何もできません。甘いことを言っても、助けられるわけないじゃないですか。『こういうことはよくないよね』とか禁止することもあんまり意味がなくて」

「ODとか自傷とかはやめた方がいいとは思いますが……」

「『よくないよ、だから止めよう』と言うよりは、なぜそういうことをしないといけないのかってところをまず聞かないといけないんです。そうすると『そうしないと楽しくない』とか『そうしないとかまってもらえない』とか抑圧の問題が見えてきて、じゃあどうやったら抑圧が取り除けるのかってステップに入る。その話に入らない限り、手首を制限されても別のことをするわけで、何の意味があるのかと思っています」

「みんな『幸せになりたい』とは思っているんでしょうけど、治りたいとかODをやめたいとかは思ってないのかなと感じました」

「**治ったあとにどう幸せになるのか**っていうのが、みんな想像つかないんだと思っていて。薬をやめてまともに生きたとしても、うまくやっていけないわけじゃないですか。そこに耐えられないから病んでいるわけなので、無理やり社会の中に戻しても解決にはならないと思っています。『健康になりなさい』って言われても、『じゃあ健康になった自分に何があるのか』って言うでしょうね」

「まともになっても承認欲求が満たされるわけでもないと」

「もちろんODなんかはしないにこしたことは無いし、推奨したことは絶対にないんですけど、自分が傷つくことがわかってて社会に出ないために不健康をやっている人間に対して、**とりあえず健康になれというのは乱暴**だよと」

確かに、一般的な意味で「まとも」になったとしても、健全で不幸せな人になったのでは救われない。

「この本に出てくれた女性たちは、『自分のことを聞いてほしい』という想いを抱えている人が多かったように思います。そこは、にゃるらさんも共感するところありますか？」

「もちろん。自分が日記を投稿し続けているのも、そういう気持ちがあるからです。**創作とかの自己表現も、自分のことを知ってもらいたいという承認欲求**のひとつのかたち。自分を知ってほしい、孤独を少しでもやわらげたいというのは、社会から外れた人は確実に持っているものだと思います」

「やっぱり、『寂しい』っていうのが根本にあるのかな」

「どこまでいっても孤独とか寂しさというものとの戦いかなと思います。ODとかで暴れる理由としても、暴れることで誰かがかまわざるを得ない状況を作るというのがあるだろうなと思いますし」

「でも、話を聞くって言っても、誰でもいいわけじゃない」

「自分も高校の頃は親の再婚で母が信用できなかったし、当然学校には行かないしで、**『大人はわかってくれない』と本気で思っていました**。その孤独に対して、暴れる以外の選択肢がまず無かったんだなと」

「人に嫌われちゃいそうな行動も、承認欲求や寂しさの裏返しだと」

「話を聞いてくれるまともな人と出会えれば、暴れる必要も無くなるわけで。自分はネット上で文章を書いて編集さんとかが話しかけてくれるまで、大人っていうものを信用したことがなかったんだろうなと思います」

自分のことを知ってもらいたいという承認欲求。しかし、自分のことを知られるのは怖い、嫌だという部分もあるんじゃないだろうか。

「正直なところ、『自分を知ってもらいたい』『繋がりたい』っていうのは、もう一歩実感できていない気がします」

「僕らみたいなオタクは孤独をサブカルチャーで埋めるものだし、アニメや本に時間を使いたいから孤独の方が好きって傾向はあると思います。何より、出版社の編集者なら社会での立ち位置とか職場の人間関係とか、最低限の繋がりは最初から持っているわけじゃないですか。ある程度の給料をもらって一定の評価を受けているわけです。昔の僕とか**社会から外れた人間は、そういうのまったく無い**わけで、本当に孤独なんです。アルバイトをしても最低賃金でまとも扱いをされないし、『僕って人間なの？』って気持ちを抱えて。そうすると自分を知ってもらいたい、認めてもらいたいってなる」

「社会から外れて宙ぶらりんになっている不安感……」

「普通に働いているオタクでも、辞めちゃったときに『意外と俺には何もないんだな』と鬱になっちゃう人は見ます」

「実は、仕事が救いにもなっている。言われてみるとそれはあるのかも」

「働きたくないと言いつつ、本当は働かないと壊れる人の方が多いはずなんですよ。嫌がりつつも、『社会があなたを保証している』というのが支えになっているんです」

「編集者でも、仕事を辞めてアル中になったなんて話はよく聞きます」

「この本に登場するような人たちは、そもそも**社会というか人の中に混じれなかった**から承認欲求をこじらせるわけです。それで誰に承認されるかって話になり、それはもう『身体を売って男性に』ってなる人もいるかもしれない。でもそういうボタンの掛け違いが1回2回あったところで終わらないとも思っています。自分の身体とか性がよりどころになったとしても、もっとセクシーに成長していって同性からも憧れられるようになるかもしれないし、その経験を活かして作品ができるかもしれないし」

「社会に馴染めなかったとしても、だからダメというわけではないですね」

「いろんな傷を負ったり病んだりしつつ、楽しく生きているというのは全然ある。この本でインタビューしてても、『こういうこともあるけど楽しいよ』って人の方が多かったです。彼女たちも、『私はこんなふうに歪んだよ』と話しながら、**その歪みを誇りにしているところもある**と思います。それを抱えても生きているよという話です。とはいえ、最終的には乗り越えないと本人が辛いとも思っています。自分のことをユーモアを交えながら話せるようになるというのも、その一歩かなと」

歪みを誇りに変えて生きているというのは、にゃるら自身のことでもあるのだろう。

「にゃるらさん自身は、ある程度乗り越えてきたんだと思います。若いころはもっと辛かったですか？」

「自分は沖縄の貧困家庭に生まれ、友人たちも同じようなもので。沖縄ってデータ上平均年収が一番低いわけで、ふざけているわけでも自虐や誇張でもなく貧乏。それでも、友人たちは金はなくてもワイワイやっていました。東京の人たちよりあいつらのほうが人生として楽しいんじゃないかとも思います。子供がいて休日に酒のんで暴れて」

「でも、にゃるらさんはそうなれなかった？」

「僕はそれに馴染めなくて沖縄から出たというのが大きいです」

「では、東京に救いがあった？」

「18歳くらいで親が再婚して家を出て、それをブログにしているうちに編集者から声をかけられて。貧乏暮らしとか鼻呼吸ができないとか、そういう不幸せを自分から文章にして笑ってもらうことに、幸せを感じていたんだと思います。不幸な状況を日記にすることで人に読んでもらえて、感想を貰えたり一緒に遊びたいと言ってもらえたわけだから……僕はそういう**『傷』を乗り越えてネタにしていかないと生きていけない**タイプなんだろうと」

「自分を見つめ直して自己表現に繋げるという話は、さっきも出ましたね。にゃるら本人も、そうやって傷や闇と折り合いを付けてきたと」

「そうですね。当時はそんなことは意識してなかったんですけど。僕が20歳くらいの頃って、毎日電気止まったり水道止まったりネット止まったりで。ネットが止められたら、歩き回ってコンビニの前でスマホ繋げて文章を投稿したりしていました。これをしないと誰にも見てもらえないから価値が無いなと思っていました。あまりに何もなくて、**文章を書いて読んでもらわない限り、自分は生きているとは言えない**と」

「東京に出てきたのは、高校を出てすぐ？」

「すぐです。もう高校を卒業したから親の元にいる必要もないなと。母親が再婚して知らない男がいて、もう絶対こんなところにいたくないと」

「では、ほぼ家出みたいな？」

「そこまでではないかもしれませんが、大学は入って速攻で辞めました。それで大学を辞めたことをいろいろ言われて、もう関係止めましょうと」

「そこから連絡を絶っていると」

「連絡手段を切ったというより、本当にお金が無くてスマホも止まったし、家も友達とルームシェアだから自分の住所も無く、保険証とかも無い。単純に本当に連絡ができなくなっただけかもしれないです」

「今後また会いに行くとか、そういう気持ちも無い？」

「無いですね。わざわざまた再び傷つく理由は無いと。それに向こうには義理の娘がいて、ちゃんと家族をやっているわけですから」

そう語る表情は、意外と晴れやか。そう見せているだけなのかもしれないが。

「では精神的に一番苦しかった時期はいつ頃ですか？」

「上京して大学を辞めて親とも連絡を絶ったころは、半年間ほど誰とも会話しない孤独な時期がありました。そのころはマジの孤独でした。とはいえ、**孤独すぎて逆にちょっと楽しか**

ったというのもあったかも……。それからTwitter（現X）で自我を得てブログとかを始めて。不登校とか引きこもりなりに18年間培ってきたオタク知識みたいなものを文章にしていくうちに、読者が増えてきてアニメアイコンの友達もできたんですよ。それが20歳くらいになったら同い年くらいのやつらは就活を始めて、**『俺たちはオタクで貧乏でカスだ』って言ってきた仲間が真面目なルートを歩むことにすごいショックを受けました**。勝手な言い草ながら裏切られたような感覚がずっとあって、それは今でも引きずっています。ああ、こいつら社会人になるんだな。アニメアイコンのカスのオタクだよねって言いながら就職して、上司や同僚の文句言いつつもなんか幸せになるんだろうなって絶望してました。でも就職するのが悪いとは言えないじゃないですか」

「置いて行かれるような感覚だったんですね」

「結果として、『自分の生き方は彼らとは違う』ことを突き付けられて覚悟が決まったとは言えるかもしれません。僕が焦って就活しても高卒で何もなくて社会でもっと苦しむだけだからって、さらに文章を書こうゲームを作ろうになった。その決定的な痛みがなければこうはならなかったかなと思っています」

自分にとっては「生き方」だったのに、当時の仲間たちにとっては「青春の一コマ」に過ぎなかった……。

「『NEEDY GIRL OVERDOSE』が成功して、精神的には楽になりました?」

「いや、全然。ゲームの次はアニメをやろうってことになって。アニメの規模はもう数億単位だし数百人関わっているので、心のプレッシャーは今が一番ひどいと思います」

「ニディガが当たった後の展開、グッズにしてもイベントにしてもすごく丁寧というか、自分でやろうとしてきたように見えます」

「もう2年も経って、流行ったからなんとなくっていうファンはもうほとんど消えていると思います。でも、自分と同じような『大人はわかってくれない』みたいなコアなファンも多くて、そういう人たちの痛みって多分なかなか背負えるものではない。そういう人たちの想いを担っているとしたらと、**過去の自分を救うような気持ち**でやっているので」

「この本を作り始めたときの気持ちと近いんですね」

「近い……ですね。ニディガやこの本は多くのメジャーコンテンツでは触れられない部分に入り込んでいて、それは不謹慎なところもあるし叩かれるのも仕方がないと思うんですよ。そりゃODは悪いことだから(笑)」

「誤解も多そうですけどね」

「『にゃるらはODとか自傷を推奨している』みたいに言われがちですが、まったくそんなつもりはないです。ニディガでもやったことの代償は必ず受けるように設計しています。ただ、**そんな部分を抱えて生きている人がいる**っていうことは示さないといけない。『悪いか

Chapter 5

らダメ』って言われるだけじゃ救われないし納得できない」

「あめちゃん、超てんちゃんは自分でもある？」

「今でも応援してくれてる層には、あめちゃんに感情移入している人も多いのかなと。海外のファンは『これは私だ』とはっきり言っていました。病んでるところもある、さらにプラスして誇りもあるってところを汲んでるんじゃないかなと思います」

病んでる自分を認めて、それをどうにか誇りに変えていく。


「ずっとオタクというアイデンティティでやってきたと思います。自分がオタクだと実感したきっかけになったものはありますか？」

「小2くらいから鼻の病気の関係で入院が多くて学校に馴染めなくなり、そのタイミングでパソコンをやり始めたんです。そのころ『仮面ライダー龍騎』が流行っていて、ネットで感想を追っていくうちにちゆ12歳とかにたどり着いて。その頃から自分はオタクだと自覚していました」

「ちょっと前まで、『オタク』って肩書を名乗っていましたよね。にゃるらさんは、オタクって言葉にどんな意味を込めていたんでしょうか？」

「僕の中のオタクって、ネットやコンテンツに依存しつつ、寂しさを背負っている層だったんです。アニメに詳しいとかそういうことではなく、**寂しさを感じつつ何かを応援している。**

いまはもうオタクが広まって、差別も少なくなり、仲間もすぐ見つかるじゃないですか。だから今の日本では、僕が思っていたような意味でのオタクという概念は消えかけているのかもしれません」

「趣味というよりも生き方？」

「僕の中ではそうでしたね。**寂しさを愛する作品で埋める、他人を攻撃するよりも好きな作品に逃げる**。そうして好きなものを通じて繋がり合う。上の世代のオタクたちがテキストサイトなどでマイナーな作品を見つけたり、メジャーな作品でも変わった楽しみ方を語ったりしているのが好きで。好きな作品で満たされ、傷を負ったときもやはり作品で癒される、そういうのがオタクだと」

総オタク時代の昨今、一般的な意味合いとはちょっと違いそうだ。

「何も語らず、本当にただ作品を観たり遊んだりしてるだけの人っているじゃないですか。それはそれでオタクとしてかっこいいなとも思うんですけど」

「そういう生き方については、いろいろ考えます。西成のドキュメンタリー見てたら、日雇いで暮らして西成から70年出てないという人がいました。その人が働いているとき以外何をしているのかと言ったら、ウルトラマンのDVDを借りてひたすら見ているんですよ。その人は間違いなくウルトラマンが救いになっているし、誰よりもウルトラマンに詳しいのかも

Chapter 5

しれない。友達にも近いタイプはいてやっぱりかっこいいなと思いますし、自己表現しなきゃいけないとは思いません。ただ、そういう生き方は自分にはできない」

「それは承認欲求が満たされないから？」

「それはあると思いますけど。その作品について何か残さないといけないというのもあります。昔のテキストサイトを見ていると、誰も知らないようなマイナーな作品のレビューが出てくることがあります。そして、その人のレビュー以外ほとんど情報がない。その人が書かなかったら、そういう作品があったという情報が消えていた。だから、**何かを受け取ったら、それを何らかの形で残していかないといけない**んだと感じます。この作品はここが面白い、こういう見方があるよ、というのを残していくことでネットが面白くなるし、自分はそうあるべきだと思います」

「ネットが好きで、ネットを面白くしたい」

「**真の意味でネットが好き**なんだと思います。情報が散らばっていて、それをなんとなく拾って、『自分にとってこの情報は意味があったかも』『意味ないけどなんか覚えとこう』ってのが好きなんで。テキストサイト巡りなんて、8割面白くないわけじゃないですか。でもなんか面白くないテキストの中にも光るものがあって、なんか面白くないテキストを繋げていくと理解できることもある。それがインターネットだよなと今でも思っています」

「にゃるらさん自身も、そういうものの一部？」

「一部になりたいなと思いましたね。何やってるかわからないけどこの人にしか書けない文がある。そういう人になりたいと思っていました」

「にゃるらさんは、ニディガを含めて、『美少女』という存在にこだわってきたと思います。そうなりたいみたいな願望はあるんですか?」

「うーん、そこはかなり難しいです。ネットでは『かわいい』というものが推されてきて、特に秋葉原ブームの時代は美少女というものが絶対だった。だから理屈とかなく、それを見て憧れて、そうなりたいという人も多かったと思います。自分もそれに近い部分はあって、それはたぶん母親と2人で暮らしてきて母親しかいなかったから。何を参考にするにも母親という女性しかいなくて、自ずとそこに引っ張られていたよねと思います」

「自分の手本となるものが母親という女性しかいなかった」

「そうですね。なので**『自分の憧れる母親』に近いものになっていった**のかもしれないです。振る舞いや性格も当然そうだと思います」

「それでは、美少女ってどういうものだと思いますか?」

「すごくきれいなもの。特に『ローゼンメイデン』の影響が大きくて、**美しくて気高い女性。そこが自分の中で一番大切なもの**なんだろうなと思いますね。こういうものに仕えて、こういう存在を大事にすることが自分の人生だとなんとなく思って。こじつけかもしれないですけど、母親の世話を焼いたりするのがけっこう好きでした。そんな体験から、『何かの世話を焼きながら生きていくとなったら、それが気高く美しいものだったらいいよね』という思考に至ったのかもしれません」

「美しさが重要なんですかね？」

「美に対する一神教みたいな考え方だよねみたいなことを言われたことがありました。ローゼンとかマリリン・マンソンとかのゴシック系なものが好きで、それが絶対的な価値観になっていて、そこからそれに近いかどうかが評価が基準として大きいです」

「それは現実の女性の好みも？」

「現実の女性も、そういうフィクションの女性に近ければ近いほど好きになるとは思いますね。フィクション的な生き方をしているかどうかも、好きになるポイントだと思います」

「フィクション的な生き方というと？」

「現実が嫌でロリータ服しか着ないとかそういう。あとは、ロリータ服に似合うために生き方を根本的に変えるとかそういうのも、気高くて立派なことだなと思います」

「肉体的に整っているかじゃなくて、美しくなろう、そうあろうとする意志なのかな？」

「もちろんそれはそうです。**持って生まれた美しさで決まったら面白くない**じゃないですか。どんな環境であろうとも気高さを持つかどうかの話で」

にゃるらにとって、美少女とは美をこころざす精神なのかもしれない。

「実は、女性に対する苦手意識っていうのもあるんじゃないかと思うんですが」

「それはけっこうあると思いますよ。男女の揉め事も若者なりに起こしていたのは否定はしないし、女好きと言われることはありますが……」

「あんまりそうは見えないなって。むしろ内心では怖がっているのではと（笑）」

「ちゃんと話した人には、そう見えてるんじゃないかと思います。自分が目指す存在というのは麗しいお嬢様とか、さっき言ったような気高く美しい女性になるわけなんで、そこに対して『触っちゃいけない』という気持ちはあります。あんまり**自分という不純物と合わさってほしくない**。尊敬しているがゆえに苦手というか距離をおいているところはかなりあると思います。二ディガが出たあとは自分と関わって噂になっても障るので、できる限り仕事以外で話さないとかしてます」

「そこまで意識しているんですか」

「してますね。美少女への信仰心が強くて、しかもそれがかなり二次元に向かってて…。本当の意味で二次元が好きなので、難しいですね。現実の女性と僕の理想の齟齬はあるし、そこを見たくないし押し付けたくもないという」

「本当に理想の人に出会ってしまったら、破滅しそうですね」

「まぁでも、**二次元の美少女に破壊されたいといえばそうかもしれない**。そういう理想の存在がいてほしいとは、今でも思っています」

「谷崎潤一郎的というか、虐げられても尽くしたいマゾヒズムのような?」

「かなりあると思います(笑)。それこそ母子の関係はそれに近かったと思うので。虐待されたわけではないですが、母親に対しておよそまともな関係を築けなくて、それでもこの人のことが好きだしみたいなところはずっとあったので」

「好きだったけど、その愛情を返してもらえなかったと感じてる?」

「再婚したときに、裏切られたと思って僕が出ていっただけで……。今思えば必ずしも母親が悪かったわけではないんですけど。とはいえ、知らない男が出てきたら嫌だよねという。思春期だったんだと思いますけど、そうなったものは仕方がない」

「では今なら、理性では許せる?」

「もう10年関わっていないし、許す許さないもないなと思います。向こうは今も家族がいるわけだから」

「良くも悪くも家族に憧れがあるんだと思うし、子供ができたら大変そうですね」

「**僕は人に尽くすほうが好き**というのあると思うので、子供ができたら溺愛しちゃうだろうなと思います。過保護にならないようにどうしようかと抑え続ける作業になるでしょうね。愛さないということはありえないんじゃないかなと。存在しない妻も含めて」

編集者としては、幸せなパパになられても困る気も……。それはそれで、新しい方向の創作があるのかもしれないが。

「しかし、この部屋のチリひとつない清掃具合や、スキのない整理と飾りつけを見ていると、これも病的に感じます」

「多分そうなんでしょうね。キレイなものをキレイにしておきたいという心と一体化した場所なのかもしれません」

「こんな部屋を作る人が、他人と一緒に生活できるのかと思ってしまいます」

「それは本当に思います。恋人がいて同棲するとか自分でも想像できないんで」

「最近、仲間と一緒に部屋を借りて半共同生活を始めた聞いて、大丈夫かなと」

「そこは自分が借りたので、リビングは完全にキレイにしています。でも、この部屋とはまた別のものだと思っているからできるんだと思います。あっちの部屋で共同生活しても、この部屋を荒らされるわけじゃないですから」

「例えば僕がフィギュアをちょっとずらして帰ったら、その場では何も言わずにあとでちょっと嫌になりながら直すんだろうなっていう」

「嫌にはならないですけど直しますね。友人たちと一緒に住んでいる方の部屋も、**毎朝起きたら家具の位置を直してます**。もはや自分が病的なので注意することでもないと思っていま

Chapter 5

すし、それがちょっと好きでもあるので。」

「掃除ができない人とも、一緒に暮らせますか？」

「別に掃除できなくてもいいです。自分が勝手にするから。**自分が病的なことはわかっているし、それがちょっと好き**でもあるので…。ただ、『そこまで掃除しなくてもいいじゃん。自分に対する当てつけなの？』って思われてしまうのが怖いなと。僕は趣味で掃除をしているだけなのに」

「今暮らしている友達は、大切な存在なんですか？」

「10年以上一緒にいて、もう大切とも思わないくらいの自然なやつらなんだろうな」

「東京に出てきてすぐぐらいから？」

「**何者でもなかったアニメアイコンとして出会い、それでも仲良くしてくれるやつら**。もうずっと近くにいて、損得や利害を超えたところなんだろうなって思います」

「孤独になりたい部分、他人と繋がっていたい部分が両方ありそうですね」

「そこは誰にでもあると思います。自分の中では、ランダム性が創作に活きるという想いもあります。他者がいるとランダム性が発生するわけじゃないですか。それがすごい楽しいですね。急に意味不明な作品をおすすめしてきたり、わけわからん動物飼い始めたりっていうのはやっぱり友達がいないと出てこない。ゲーム開発期間などで3年くらい一人で居て、自分の中に閉じこもってできたものを出したので、今度は他者からのランダム性がほしいなと思っています」

「今日は苦しみを解消するような話をメインにしてきましたが、作り手にとっては、自分の苦しさって大切なものでもあるわけじゃないですか」

「それはもう本当にそうだと思います」

「幸せになってしまっていいのかみたいなところは？」

「ありますね。幸せになって抑圧が消えたら、生み出す気力が無くなると思うので。今はアニメを作るという縛りがあり、嫌でも苦しむわけじゃないですか。今はめちゃくちゃ苦しい し悩んでいるので、だからいいものが出来ると思っています。僕は結局、何かを作るのが好きで、そうじゃないと意味がないと思うので、次の作品が成功しても、さらに何かを作るために苦しみに行くでしょう」

「原作の立場でアニメを作るって、いくらでも手抜きができるし、そうして任せた方がいいという考え方もあるじゃないですか」

「まぁそうですね。でも、そこで手抜きをしたら、自分じゃなくなってしまう」

「苦しみながら作品を出すっていうのは、最終的には何のためにやってるんですか？」

「わからないです。**ODしないで人生を楽しむにはそれしかない**から。作品を作って夢中になることで救われるし、そもそも物理的に時間が減って暴れる時間も減るのでそうするしかないかなってだけですね。あとは当然、承認欲求として、自分のこの生き方が正しかったんだというのを作品を通じて出さないといけない」

「この本を最初に出したころ、テレビ取材の依頼があったときとかに、評論家的な立場、上からものを言うような立場にはなりなくないって言ってましたね」

「そうですそうです」

「ただ承認されたい、有名になりたいだけなら、あのときテレビに出たと思うんですよ」

「自分の人格や生き様は作品に込められてるわけなので、それを読んでもらわない限りは意味がないなと思うんです。ゲームとか本とかだけじゃなく日記もそうです。だから、評論家みたいな意味合いで認められても全く関係ないんです。それに、こんな生き方をするやつが上から話をするもんでもないですし」

批評家とか識者とか色眼鏡で見られるのは嫌で、それよりも書いたものを見てほしい。

「では最後に、この本を読んでくれた人に言いたいことはありますか？」

「真面目なことを言うなら、もちろん苦しんで生きる必要は無いんですけど、**僕らみたいに社会を外れた人は何かを表現しない限り一生救われない**んじゃないかと思います。だから、どこかのタイミングで心を決めないといけないかもしれないということは伝えたいなと」

「それは、ゲームや文章みたいな作品じゃなくても？」

「自分ってものが生きている価値をもらえるような何か。自分にとって誇りになる何か。それをやらない限り、ただ社会から外れただけのものになっちゃうんで。**社会から外れたからこその価値観や美意識**があるんだぞってところを見せないとダメだよねと思います」

「厳しいと言えば厳しいですね」

「旧版のオビには、阿散井さんが「生きてるだけで偉い」と書いてました。それはいい言葉だなと思うんですが、僕自身としては全然思ってない。自分が生きたってことの価値を何らかの形で1回は表現しないとよくないと思います。**そうじゃないと生き方を否定され続けるだけ**です」

「表現し尽くして満足してしまうっていうのはありませんか?」

「18年間学校にもほどんど行かず1日も休まずアニメ・漫画・ゲームの日々。そこの18年間がまだまだ貯金としてあって、使い切ってる感覚は一切ないです。まだまだ仮面ライダーやウルトラマンの話したいぜって」

いろいろあって、ヒット作が出ても、オタクとしての原点はブレない。これからも、いろいろ摂取しながら、楽しく苦しんでいくのだろう。

chapter 5 MEMO

歪んでたって
いいじゃない。

あとがき

世間はともかくとして、本書が初めて出版された4年前と現在で、僕自身については明確な変化がある。読み返して「うっ」となってしまった。当時の僕は「SNSが大好きです」と述べている。もちろんこの時から愛憎入り交じっているけれども、どちらかといえば愛寄りで。

今は……嫌いになってしまった。できるだけ見ないようにしている。それでも僕は活動を投稿するためにタイムラインを開く。たび重なる仕様変更により、すっかり様変わりしたネットの海を横目に覗く。

新たに書き下ろしたはじめにでも書きましたが、世間は5年前よりも厳しさを増した。ゆっくり、ゆっくりと経済格差が広がり、疫病に精神の支えを崩された者たちも出現し、ごくごく当たり前の結果として人々から余裕が消え始めてきたのです。その波はインターネット世界にも影響を及ぼした。

本書の再販が遅れた理由。ひとえにコロナ前に出版した本書をコロナ後に刷るにあたり、印刷代が一回り上がって価格も上げざるを得なかったから。何も変わっていないのに値段だけ増しているのは望まない。僕も編集も同じ気持ちでした。それでも、喜ばしいことに本書は改訂版を世に出せるほどの評価と期待をいただき、値段分、結構なページ数を増やすことによってこうしてアナタのもとへ届けることができました。手にとっていただき、本書の存在を望んでいただきありがとうございます。

それだけ社会が大変になった。要するにすべての価格が上昇したのだ。

じんわりと財布が追い詰められ、両親や恋人が不機嫌になったと心当たりある方もきっといるはずだ。若者は闇バイトやパパ活に進んだ者も居る。トー横キッズなる概念も流行した。

みんな大変なんだ。

ＳＮＳもニュースも、若者の闇に対して無遠慮に攻撃的です。不良に説教するのは基本的に「正義」ですから。大衆の鬱憤が安易に「若者の闇」へ向けられている。皆の余裕の無さが、わかりやすく社会のレールを外れた者たちを叩き、嘲笑うことで晴らされている。残念ながら本書に共感した方々は、これから多くの批判へ曝されることとなるでしょう。

もちろん反社会的なことを行うのはよくない。僕だって推奨をしない。が、間違ったっていい。そんな時期があってもいい。一度や二度の間違いで絶望しないでほしい。だって、本書で取材させていただいた女子たちは、自分の闇もひっくるめて強く逞しく、ときに素敵な笑顔で話してくれたのですから。

２０２５年１月　にゃるら

旧版あとがき

僕はSNSが大好きです。特にTwitterが好きです。タイムラインでは、多くの人間の喜怒哀楽がこれでもかと流れ続けております。

インターネット、ひいてはSNSの普及により、個人の人気が数値として可視化されだしました。数字は人を狂わせる。フォロワー数、いいね数やリプライ数に取り憑かれ、どんどん人は変わっていきます。

それが良い変化の場合もあれば、当然悪い方向に一直線の場合だってあります。今の思春期はたいてい後者を経験し、一度痛い目を見た後に大人になっていくのです。

実際、自分も、その周りも何度もインターネットで火傷をしたり、いわゆる黒歴史を生産してきました。それでもどうにか立ち上がり、こうして一冊の本ができあがる程度には成長していくことができました。SNSも筋肉と同じで傷つければ傷つくほど、その度に成長していくのでしょう。

そんな大SNS時代で話題となったのが「承認欲求」の概念です。

Wikipediaによると「他者から認められたい、自分を価値ある存在として認めたいという欲求であるそれは、時にSNSで目立った人間に対する罵詈雑言として使用されるようになりました。しかし、誰だって他者から認められたい／存在を知ってもらいたい欲求は持っているでしょう。それの大小に罪はあるのでしょうか。「承認欲求」をめぐる議論は絶えることなく交わされ続けます。

そんな中で、本書を通し、各々の中での答えのヒントになれば嬉しいです。この本では、何人もの「他人の承認されたい」ことを原動力として動く女性たちを取材してきました。

第1章ではメンタルの大切さを、第2章では業界で生き抜くための努力を、第3章では女性として生きていくための強さを、第4章ではオモテウラの使い分けを、それぞれ学んでいくことができます。これを読み終えたあなたなら、SNSとの向き合い方も、承認欲求の扱い方も、新たな視点を持つことができているかも知れません。

彼女たちの人生を覗き見て、何が正しく、何が過ちだったのか、「承認の光と闇」について考えが深まったのであればライター冥利に尽きます。

にゃるら

S Y O N I N Y O K K Y U

JYOSHIZUKAN

承認欲求女子図鑑
新装版

2025年3月17日 発行

著者 にゃるら

イラスト お久しぶり

アートディレクション 井上則人

デザイン 安藤公美（井上則人デザイン事務所）

発行人 塩見正孝

編集人 若尾 空

発行所 株式会社三才ブックス
〒101-0041
東京都千代田区神田須田町
2-6-5 OS'85 ビル 3F
TEL：03-3255-7995（代表）
FAX：03-5298-3520
MAIL：info@sansaibooks.co.jp

郵便振替口座 00130-2-58044

印刷・製本 TOPPANクロレ株式会社